The Hole

편혜영 장편소설

홀The Hole

초판 1쇄 발행 2016년 3월 23일
초판 17쇄 발행 2024년 11월 12일

지은이 편혜영
펴낸이 이광호
펴낸곳 ㈜문학과지성사
등록번호 제1993-000098호
주소 04034 서울 마포구 잔다리로7길 18(서교동 377-20)
전화 02) 338-7224
팩스 02) 323-4180(편집) / 02) 338-7221(영업)
전자우편 moonji@moonji.com
홈페이지 www.moonji.com

ISBN 978-89-320-2847-7 03810

이 도서의 국립중앙도서관 출판예정도서목록(CIP)은 서지정보유통지원시스템 홈페이지(http://seoji.nl.go.kr)와 국가자료공동목록시스템(http://www.nl.go.kr/kolisnet)에서 이용하실 수 있습니다. (CIP제어번호: CIP2016006815)

홀

The Hole

편혜영 장편소설

문학과지성사

차례

1

오기는 천천히 눈을 떴다. 눈이 부셨다. 희끄무레한 가운데 섬광이 비쳤다. 눈을 감았고, 다시 떠보았다. 조금 힘이 들었다. 안도했다. 살아 있는 것 같았다. 눈이 부시거나 눈을 뜨기 힘들다는 물리적 부담감이 그 증거였다.

천장의 석고보드와 가지런히 늘어선 형광등이 보였다. 형광등은 전부 빛을 밝히고 있었다. 병원인 것 같았다. 이 정도의 광량이 필요한 곳은 병원뿐이었다.

고개를 돌려보려 했으나 잘 되지 않았다. 그래도 눈동자는 굴릴 수 있었다.

“오기 씨.”

누군가의 목소리가 들렸다. 여자였다. 처음엔 잘 보이지 않았고 차츰 흰색 상의가 눈에 들어왔다. 간호사인 듯한 여자가 오기 쪽으로 가까이 다가왔다. 냄새가 났다. 좋은 향은 아니었다. 시큼했다. 방금 식사를 마친 것 같았다. 그렇다면 지금은 몇 시일까.

오기는 뭔가 말하고 싶었다. 여기가 어디냐고 물을 필요는 없었다. 그 질문의 답은 이미 알 것 같았다. 이곳이 병원이 아니라면 어디겠는가. 임사 상태가 아닌 것은 분명했다. 여자에게서 나는 냄새를 맡았으니까.

"정신이 드세요?"

오기의 얼굴을 가까이에서 살핀 간호사가 침대 벽면 쪽 호출 버튼을 눌렀다.

"조금만 기다리세요. 선생님 오실 거예요. 여기가 어딘지 아시겠어요?"

간호사가 시계를 보고 차트에 기록했다.

오기는 바싹 마른 입을 힘들여 벌렸다. 숨이 조금 새어 나올 뿐 소리는 나오지 않았다.

"병원이에요. 오래 주무셨어요."

간호사가 큰 소리로 말하고는 "우선 혈압을 좀 잴게요. 선생님이 오시면 검사를 해야 하거든요" 하고 덧붙였다.

간호사가 오기의 팔에 혈압측정기를 둘렀다. 오기는 간호사가 들어 올린 제 팔을 멍하니 바라보았다. 팔에 두꺼운 회색 밴드가 둘러져 있었다. 이상했다. 공기가 수축되거나 이완되는 느낌이 들지 않았다. 간호사가 측정기를 풀고 오기의 팔을 침대에 내려놓을 때도 마찬가지였다.

차트에 뭔가 적은 간호사가 다 끝났다는 듯 오기를 보고 싱긋 웃었다.

'아내는요?'

오기가 물었다. 아무 소리도 나오지 않았다. 턱과 성대가 발성을 위해 움직이는 것 같지 않았다. 머쓱한 오기는 혀를 입안에서 굴렸고 조심스럽게 침을 삼켰다.

간호사가 다시 오겠다고 한 후 병실을 나갔다. 오기는 턱을 움직여보려고 애썼다. 요지부동이었다. 힘을 주면 마른 입술이 조금 벌어지기는 했다. 이번에는 '아' 하는 소리를 내보았다. 벌어진 입술 사이로 폐 깊은 곳에 머물던 공기가 흐릿하게 빠져나가는 소리가 났다. 그게 다였다. 무슨 소리든 내보려고 해도 귀에 들리는 것은 음성이 아니었다. 오기 몸에 연결되어 있을 의료 기기에서 들리는 규칙적인 기계음, 복도 밖에서 들려오는, 예의를 차린 조용한 소음들, 간호사의 밑창이 부드러운 신발이 조용하고도 재게 미끄러지는 소리 같은 것이었다.

잠시 후 간호사가 의사와 함께 들어왔다. 처음 본 의사였다. 의사는 오기가 친숙한 듯했다. 활짝 웃으며 과장되게 팔을 벌렸다.

"오기 씨, 반가워요. 이게 얼마 만입니까."

의사가 물었다. 오기야말로 궁금했다. 도대체 얼마 만인지. 얼마 만에 돌아온 건지.

"여기가 어딘지 알겠어요?"

오기가 의사를 쳐다봤다.

"병원이에요. 그렇죠?"

오기는 고개를 끄덕이려고 했다. 헛된 시도였다.

"자, 맞다고 생각되면 눈을 한 번 감았다 뜨세요."

오기는 시키는 대로 했다. 눈을 한 번 감았다 떴다.

"네, 잘했어요. 아주 잘했어요."

의사가 힘이 들어간 목소리로 말했다. 주먹이라도 쥐고 말하는 것 같았다. 눈 한 번 깜박인 것으로 그런 응원을 받기는 처음이었다.

'아내는요?'

오기는 다시 물어보려 했다. 의사가 오기의 오른쪽 눈꺼풀과 왼쪽 눈꺼풀을 차례로 들어 올렸다. 그러고 나서 몸의 여기저기를 누르거나 만지는 것 같았다. 오기에게는 아무런 느낌이 전달되지 않았다. 의사는 오기와 침대 머리맡에 붙은 각종 의료 기기의 수치를 번갈아 보았고, 차트에 적었고, 간호사에게 작은 목소리로 뭔가를 지시했다.

"오기 씨, 장해요. 큰일을 해냈으니까 이제 다시 힘을 내봅시다. 알았어요? 진짜 싸움은 지금부터예요. 이제부터는 오기 씨의 의지가 중요합니다. 의학이 아니라 의지가 필요하단 말이에요. 오기 씨를 위해서 나도 할 일이 많아요. 최선을 다할 거예요. 하지만 오기 씨만큼은 아닐 겁니다. 알겠어요? 의사인 내가 아니라 오기 씨가 더 힘을 내야 한다는 말입니다. 일단 몇 가지 검사를 해야 해서 다른 방으로 옮길 거예요. 괜찮겠죠? 알았으면 눈을 한 번 깜박여봐요."

오기는 이번에도 시키는 대로 했다.

"네, 정말 잘했어요. 이따 또 봅시다."

의사가 과한 칭찬을 건네고는 간호사와 함께 방을 나갔다.

의사는 오기가 의식을 회복한 것을 두고 장하다고 했다. 장한 일. 오기는 그 말을 되새겼다. 과연 자신이 깨어난 것이 장한 일이 될는지 하는 생각에 빠져들었다. 의사의 그

다음 말, 진짜 싸움은 지금부터고 이제부터는 의지가 중요하다는 말 때문이었다. '의학이 아니라 의지'라는 말도 그러했다. 그 말에서 많은 것을 알아차릴 수 있었다.

잠시 후 간호사가 들어왔다. 간호사는 오기와 벽면의 기기에 연결된 여러 줄의 케이블을 뽑았다. 침대 상태를 살펴보더니 그대로 천천히 밀고 복도로 나갔다.

오기는 침대에 누워 빠르게 지나가는 병원 천장의 형광등을 바라보았다. 아마도 자신은 병상에 더 누워 있어야 할 것이다. 현재 상태를 말하는 게 아니었다. 앞으로의 일을 말하는 것이었다. 의지가 중요하다는 말은 의지를 발휘하지 않는 이상 회복되기 힘들다는 의미일 것이다. 자연적으로 치유될 가능성은 전무하다는 뜻이고 계속되는 치료로도 회복 가능성을 장담하기 힘들다는 뜻이다. 의사와 간호사의 반응을 보면 오기가 깨어나기까지 한참 걸린 것 같았다. 오기는 비교적 다양한 의학적 도움을 받았을 것이다. 몸에 붙은 케이블과 호흡기, 여러 종류의 주사액 등은 그간 오기가 벌인 사투가 수월치 않았음을 알려주었다.

덜컹거리며 미끄러져 나아가던 침대가 멈췄다. 엘리베이터 앞이었다. 환자용일 테지만 오기와 간호사가 타고 남은 공간에는 멀쩡한 사람들도 올라탔다. 사람들이 탈 때마다 간호사는 오기의 침대를 조금씩 옆으로 밀었다. 서 있는 사람들이 누워 있는 오기를 힐끔거렸다.

오기는 사람들과 함께 환자용 엘리베이터를 타고 나서야 자신이 현실로 돌아왔음을 실감했다. 넘치는 광량과 친절하게 오기를 살펴주던 간호사, 두 눈만 끔뻑이는 오기에게 정말 잘했다고 격려해주는 의사가 있는 병실이 아니라, 시끄럽고 번잡스럽고 줄을 서고 기다리고 힐끔거리는 세계로 돌아온 것이다. 의사의 말대로 의지를 발휘해야만 살 수 있는 세계로 말이다.

검사가 진행되는 동안 오기는 아무것도 할 게 없었다. 자기공명영상 장치에 직접 누울 필요도 없고 채혈을 위해 팔을 내밀어줄 필요도 없고 부착된 의료 기기를 직접 뗄 필요도 없었다. 아무 감각을 느낄 수 없는 채로 오기는 침대에서 다른 곳으로 옮겨졌으며 의료 기기를 부착하거나 제거했고, 의사의 지시에 따라 눈을 깜박였으나 대개는 눈을 감고 있었다. 그러다가 검사가 끝날 무렵에 저도 모르게 잠이 들었다.

시야가 어두컴컴해지면서 오기와 아내가 탄 차가 두껍고 높은 벽에 부딪히는 장면이 계속 반복되었다. 그것은 오기의 상상이 분명했다. 찌그러진 자동차 안에 있는 오기의 모습이 다 보였으니까. 그래도 두통이 심하게 느껴졌다. 단단한 벽에 머리를 부딪히거나 누군가에게 날카로운 흉기로 내리찍히고 있는 기분이었다.

눈을 감았는데도 느껴지는 희뿌연 빛 속에서 오기는 자신이 살아날 수 있는지, 이 상태로 살아야 한다면 어떻게 해야 하는지, 그래도 살고 싶기는 한지 생각했다.

의사의 말을 곱씹었다. '의지를 발휘'해야 한다는 말에 담긴 비관과 '조금 더'라는 말에 담긴 낙관 사이에서 갈팡질팡했다. 그럼에도 불구하고 오기는 의지를 발휘하라는 말보다 '조금 더'라는 부사에 큰 의미를 두고 있다는 것을 깨달았다. 그 말은 조금 더 힘을 내면 괜찮아진다는 뜻 아닐까. 조금 더 힘을 내면 턱을 움직여 말할 수 있고, 제 발로 걸어서 검사실에 가게 된다는 뜻이 아닐까. 말할 것도 없이 오기는 '조금 더'의 세계에 의지했다. 오기는 무척이나 살고 싶었다.

얼마나 시간이 흐른 걸까. 검사를 받은 때로부터 다시 며칠이 지난 것인지, 고작 몇 시간 흐른 것인지 헛갈렸다. 여전히 꿈속인 듯 몽롱한 가운데 시야의 눈부심이 심했다. 방금 안압 검사를 마친 것처럼 동공을 장악하는 빛이 압도적이었다. 오기는 제 의지로 눈꺼풀을 움직일 수 있는지 확인하려고 천천히 눈을 떠보았다. 뇌의 일부가 여전히 그를 추종했고, 그것에 안도했다.

병실 문이 부드럽게 열리는 소리가 들렸다. 누군가 조심스럽게 발소리를 내며 병실로 들어섰다. 오기는 그 사람을 지켜봤다. 침대 곁으로 다가온 사람은 희뿌연 옷을 입고 있었는데 오기가 쳐다보자 순식간에 몸이 길고 가느다랗게 늘어지더니 위쪽으로 올라가버렸다. 오기는 깜짝 놀라 천장에 붙어 있는 사람을 쳐다보았다.

천장에 올라간 사람이 점점 오기 쪽으로 내려왔다. 오기는 눈을 감았다. 꾹 감았다. 결코 뜨지 않으리라 다짐했다. 두려움에 맞서 할 수 있는 건 그것뿐이었다. 환각일리 없었다. 병실 문이 열리는 소리를 똑똑히 들었다. 무엇보다 오기에게 얼굴을 들이민 사람에게서 익숙한 냄새가 났다.

아내의 냄새였다.

2

여자들은 종종 오기의 삶에서 전환점이 되었다.

엄마가 그랬다. 엄마는 오기가 열 살 때 죽었다. 처음에 오기는 엄마의 죽음이 질병 때문인 줄 알았다. 엄마는 자주 앓아누웠고 처방 받은 알약을 매 끼니 먹었다.

병원으로 문병 온 친척들이 복도에서 소곤거리는 소리를 듣고 나서야 그게 아니라는 걸 알았다. 엄마는 지나치게 많은 약물을 한꺼번에 먹었고, 그것으로 인해 회복할 수 없는 장기 손상을 입었다.

병원에 누운 엄마를 딱 한 번 볼 수 있었다. 아버지가 면회를 허용하지 않아서인지, 엄마가 병원에 머문 기간이 짧아서였는지 정확히 기억나지 않았다. 병상에 누운 엄마의 몸에 달린 케이블들이 벽면에 붙은 의료 기기에 연결되어 있었다. 생명을 유지하려면 어마어마한 양의 원조가 필요한 모양이었다.

엄마가 오기에게 가까이 오라는 듯 손가락을 까딱였다. 오기는 엄마의 손을 잡을 엄두가 나지 않았다. 후두 아래에 구멍이 뚫려 있고, 그곳에 호흡용 튜브가 폐로 연결되어 있었다. 오기는 그런 모습을 처음 봤다. 엄마의 손을 잡는 대신 울음을 터뜨리거나 겁에 질려 얼어붙었을 것이다. 열 살이면 스스로 목숨을 끊는다는 게 무엇인지 정확히는 몰라도 대략 짐작은 하는 나이였다. 엄마가 그런 끔찍한 모습이 되다니, 불쌍하고 무서웠다.

엄마의 죽음으로 인해 오기는 아동기와 완전히 결별했다. 무심하고 둔한 아버지는 오기의 변화를 몰랐거나 모른 척했다. 오기는 어떤 일에도 떼쓰지 않았다. 먹기 싫은 게 있다고 투정부리거나 친구 생일 파티에 가져 갈 선물을 사 달라고 조르지 않았다. 사고 싶은 게 있다고 슈퍼마켓에서 발을 구르지도 않았다. 만화를 계속 본다거나 밤새 게임을 하겠다고 우기지 않았다. 아버지는 때때로 오기에게 말을 걸려고 했다. 오기는 아버지에게서 엄마의 모습을 봤다. 후두 아래 구멍이 뚫려 있고 호흡용 튜브가 연결된 모습이었다. 입을 다물 수밖에 없었다.

학교에서는 오기가 손쓸 수 없는 일이 벌어졌다. 오기의 엄마가 자살했다는 소문이 퍼졌고 아이들은 오기를 심하게 따돌리기 시작했다. 엄마의 죽음이 왜 왕따의 명분이 되는지 당시에는 조금도 이해할 수 없었다. 시간이 지나고 나서야 오기는 아이들이 무서워서 그랬으리라 생각했다.

처음에 아이들은 티 나지 않게 오기를 피했다. 오기는 과묵해졌고 시시덕거리는 무리에 끼지 않았기 때문에 자신을 괴롭히는 아이들을 도와주는 꼴이 되었다.

어느 날 오기는 한 무리의 아이들에게 돌아가며 맞았고

방어를 위해 그중 한 아이의 다리를 심하게 깨물었다. 오기의 이가 나갔고 아이의 다리 살점이 떨어졌다. 오기의 치아는 유치였지만 아이의 다리에는 움푹 팬 흉터가 평생 남을 것이었다.

그다음부터 오기를 놀리거나 괴롭히는 아이는 없었다. 다들 오기가 제 엄마를 따라 '돌았다'고 수군댔다. 오기는 그런 아이들을 향해 씩 웃었고 재빨리 표정을 바꾸어 싸늘하게 노려보는 식으로 돌았다는 것을 증명했다.

오기를 아동기에서 데리고 나온 게 엄마였다면 어른의 세계로 이끈 것은 아내였다.

대학을 졸업할 무렵 오기는 취업 준비를 했다. IMF 전이었고 기업들의 구인 광고가 넘쳐날 때였다. 아내와 빨리 결혼하고 싶었다. 아내는 너무 이르다고 했다. 자신은 하고 싶은 공부가 있고 오기도 그랬으면 좋겠다고 했다. 오기는 아르바이트로 학비와 생활비를 연명할 게 확실한 상황에서도 별 대책 없이 대학원에 진학했다. 오기로서도 별 볼 일 없는 직장 생활을 유예할 구실이 필요했다. 구직 원서를 모두 내다 버렸지만 미련은 없었다. 영 안 되면 다시 취업할 수도 있었다.

아내는 기자가 되고 싶어 했다. 오리아나 팔라치 같은 기자가 되어 저명인사들과 이제껏 하지 않은 방식의 근사한 인터뷰를 할 것이라고 했다. 지갑 속에 사진을 가지고 다녔다. 사진 속의 오리아나 팔라치는 종군기자로 전쟁터에 있거나 덩샤오핑이나 케네디를 인터뷰하는 모습이 아니었다. 샤넬 슈트를 입고 진주 목걸이를 한 채, 그런 불편한 차림으로 타자기 앞에 앉아 허공을 보는 사진이었다. 『보그』나 『엘르』에서 촬영한 것 같은, 한마디로 그저 예쁘게 나온 사진이었다. 도대체 그런 모습의 사진 어디에서 아내가 말한 '기자 정신'이라는 게 보이는지 모르겠지만, 아내가 되고 싶은 게 무엇인지를 분명하게 보여주는 사진인 것은 틀림없었다.

당시에 오기는 아내의 그런 얕은 허영조차 사랑스럽게 여겼다. 아내는 자신이 하고 싶은 것을 분명히 알았고, 그것이 진심이라 믿었지만 대부분 해내지 못했다. 그 일로 깊이 상처받지 않았고 훌훌 털었다. 그리고 재빨리 다른 대상을 찾아 찬탄을 지속했다. 그로써 아내는 동경과 욕망을 구별하는 법을 서서히 익혀나가는 것 같았다. 언제라도 태도와 취향, 의지를 철회할 자세를 취하면서 자신이 버릴 것과 간직할 것들을 구분해나갔다. 남들이 보기에는 변덕스럽고 주관 없어 보일 뿐인 그런 성격도 오기에게는 매력적으로 느껴졌다.

오기는 끈질기게 뭔가를 추구하고, 그것 이외에 다른 것은 돌아보지 않고, 결국에는 성취하고, 한길로만 살아온 것을 자부하는 사람에 대한 두려움 같은 게 있었다. 그들은 의지가 빼어난 나머지 박약한 의지를 손쉽게 비웃었다. 운에 의지하려는 태도를 비난했다. 사소한 우연의 연쇄를 인정하지 않았다. 고집과 독선이 지나쳤고 자신의 자부가 폭력이 된다는 걸 의식하지 못했으며 남들에게 늘 가르치는 투로 말했다. 자신이 우월하다는 것을 숨기지 않았고 자만에 동의하지 않는 사람들의 박탈감을 비웃었다. 간혹 시혜적인 태도로 관용과 아량을 베풀었는데, 인간에 대한 애정에서 비롯된 것이 아니라 전적으로 제 삶의 여유에서 기인한 것이었다. 오기는 그런 사람을 잘 알았다. 바로 오기의 아버지였다.

평생 조선소에서 일하며 자수성가한 아버지는 지리학 전공으로 대학원에 진학하겠다는 오기를 비웃었다. 사내자식이 기껏해야 선생질을 하려느냐고 꾸짖었다. 오기는 수전노 아버지의 원조 없이 대학원 과정을 마칠 수 있노라고 항변하고 싶은 것을 꾹 참았다. 무엇을 하든 아버지는 오기가 제 돈을 뜯어내려는 속셈이라고 생각했고, 실제로 그렇게 할까 봐 겁을 먹고 있었다.

보통 남자들이 여자에게서 찾는 이상적인 어머니상 같은 것을 오기는 원하지 않았다. 오기에게 어머니는 울적하고 비관적인 생각을 많이 하다가도 아버지에게는 주눅 들지 않고 비꼬는 태도를 취했다는 정도로 인상이 남아 있었다. 어머니가 근사해 보일 때는 주로 그럴 때였다. 아버지에게 비아냥거릴 때, 엄마의 말에 아버지가 기어이 화를 내면 웃자고 한 일에 죽자고 덤빈다며 아버지를 더욱 쪼잔하고 볼품없이 만들 때, 약이 올라 씩씩대는 아버지 앞에서 호탕하게 웃음을 터뜨릴 때.

아내에게서 어머니와 닮았다거나 어머니와 정반대의 모습을 본 것은 아니었다. 어떻게 보면 아내는 어머니와 아버지의 성격을 모두 가지고 있었다. 불안해 보이는 동시에 자신만만했다. 독선적이면서 여유로웠다. 그것이 오기에게는 신기하게 여겨졌다. 그 둘은 절대로 양립 불가능할 것 같았다. 부모를 떠올릴 때면 늘 각자의 공간에 침통하게 앉아 있는 모습이 그려지는 것처럼 어머니와 아버지는 단절된 인생에 제각각 존재하는 인물들이었는데, 아내에게서 그 둘이 자연스럽게 공존했다.

대학원에 진학한 것은 아내 때문이었지만 아내는 중도

에 포기했다. 아내는 석사 학위를 채 마치지 않고 현장 경력을 쌓겠다는 의지로 막 출범한 인터넷 신문사에 취업했다. 그러나 6개월 만에 신문사를 그만두었다. 이후에는 본격적으로 언론사 취업 준비를 하면서 계속 구직 활동을 했으나 번번이 실패했다. 할 수 없이 시원치 않은 잡지사에 취직해 한 달에 열두 꼭지나 되는 원고를 쓰는 일을 1년쯤 하다가 그만두었다. 다시 구직 활동을 하거나 벌어놓은 돈으로 여행을 다니며 쉬다가 이전보다 규모가 좀더 작은 잡지사에 취업해 비슷한 내용과 양의 원고를 쓰는 일을 반복했다. 그러는 동안 오기는 석사를 졸업하고 박사 과정을 수료했다.

결혼하기 3년 전 아버지가 돌아가셨다. 처음 아버지에게 통증이 찾아온 것은 돌아가시기 여섯 달 전이었다. 그날 저녁 아버지는 거래처 임원들을 만났다. 퇴직하기 전 다니던 회사에서 아버지의 부하 직원이던 사람들이었다. 아버지는 퇴직 후에 부품 생산 업체를 차려 다니던 회사에 납품했다. 얼마 전에 그들의 충고대로 생산 라인을 늘렸지만 국제 정세 위기에서 비롯한 일련의 경제적 불황이 시작되었고 아버지는 불행을 피하지 못했다.

아버지는 납품 건에 대해 비관적인 전망을 내놓는 이전

부하 직원들과 함께 스시를 먹었다. 새벽에 복통이 찾아왔다. 몸을 똑바로 펴면 철사가 장을 꿰어 팽팽하게 잡아당기는 기분이 느껴질 정도였다. 이때만 해도 아버지는 저녁에 먹은 스시 때문이라고 생각했다. 터무니없이 비쌌고 영수증을 받아 들었을 때는 배알이 꼬였다.

아침에 집안일을 돌봐주러 온 아주머니가 쓰러진 아버지를 발견했고 구급차를 불렀다. 병원에서는 요로결석으로 당장 수술해야 한다고 했다. 의사는 급하게 수술 스케줄을 잡았으나 개복 후에야 통증의 원인이 결석 때문이 아니라는 것을 알아냈다.

오기는 평택에 있는 대학에서 강의를 마치고 울산의 병원으로 급하게 달려갔다. 야심한 시각이었는데 아버지는 당장 서울로 병원을 옮겨야겠다고 고집을 부렸다. 이후 몇 군데 병원을 돌면서 요로결석 대신 과민성대장증후군이나 변비 같은 상식적인 진단을 의사에게 들었다.

얼마 후 아버지는 다시 통증을 느꼈고, 이번에는 곧바로 서울의 대학병원으로 올라왔다. 장폐색이라는 진단을 받고 수술실에 들어갔다. 오기는 모교에서 강의 중이었는데, 아버지에게 병명을 문자메시지로 받았다. 오기는 아버지가 막힌 대변 때문에 장벽이 찢어질 위기였다는 생각에 강의 중에 여러 번 실없이 웃었다.

아버지의 대장에서 나온 것은 딱딱하게 굳은 대변이 아니었다. 골프공만 한 종양이었다. 아버지는 종양을 제거했다는 것에 안도하며 농담도 했다. 이 나이가 되면 암에 걸리거나 치매에 걸리거나 둘 중 하나인데, 암에 걸렸으니 치매 걱정은 없다며 껄껄 웃었다.

오기는 의사와의 면담에서 복잡한 설명을 들었다. 일단 종양을 제거했으나 종양이 퍼진 위치에 따라 재발할 수도 있다는 것이다. 그럴 경우 종양은 근육질에 침투하고 지방 조직에까지 퍼진다고 했다. 영문을 몰라 하는 오기에게 의사는 손쓸 수 없는 단계라는 뜻임을 일러줬고, 얼마 후 의사 말대로 되었다.

평생 철만 만져오던 아버지가 딱딱한 솔송나무 관에 안장된 후에 오기에게 몇 장의 문서가 도착했다. 유언장 같은 것은 아니었다. 아버지가 오기에게 일러준 대로 그 문서를 이용해 받아야 할 돈도 있고 갚아야 할 돈도 있었다. 정산을 해보니 약간의 빚이 남았다. 사업을 벌이면서 꽤 많은 돈을 쏟아부은 것이다. 남긴 게 빚뿐이라고 돌아가신 아버지를 원망할 정도의 액수는 아니었다. 계산 바른 아버지가 이미 생각해둔 게 아닌가 싶을 정도로, 아버지가 오기에게 이때까지 키워준 돈을 내놓으라고 으름장을 놓던 정도였다.

아내는 결혼 이듬해 제법 큰 출판사에 취업했으나 출판사 대표가 성희롱 발언을 서슴지 않는다며 격분했다. 아내는 그간 사내에 떠돌던 성희롱 사례를 모았고, 대표의 무례를 폭로하는 문서를 사내 인트라넷에 게시하는 것으로 사직서 없이 8개월 만에 퇴사했다. 그 무렵 오기는 새로운 지도교수와 상의 끝에 박사 논문의 주제를 수정했고 강의 수를 줄였다.

아내와 오기는 다소 쪼들렸다. 보험이나 적금은 상상할 수도 없었다. 미래는 기약 없이 멀었고 현재는 단조롭고 비슷한 일이 반복되었다. 그러나 평온했다. 오기와 아내는 책 한 권을 돌려 읽었고 다 읽고 나서 얘기를 나눴다. 아내는 유수의 출판사와 논픽션 출간 계약을 맺었다. 집과 여의도에 있는 도서관을 오가며 집필에 들어갔다. 저녁이면 강의를 마치고 온 오기에게 새롭게 시도한 요리를 해주었고, 오기는 맛이 있거나 없거나 상관없이 아내가 내준 음식을 싹 비웠다. 함께 설거지를 하고 나서 배부르고 나른한 몸을 이끌고 보잘것없는 동네를 천천히 산책하고 돌아와 푹 잤다.

아내는 결국 어떤 책도 출간하지 못했다. 원고를 완성하지도 못했다. 오기는 여섯 차례나 아내가 작성한 원고의 초고를 살펴봤다. 매번 이야기의 서두가 바뀌었다. 가장 흥미로운 건 세번째 원고였는데, 아내는 오기의 지적, 그러니까 논픽션이라기에는 지나치게 픽션 같다는 말을 무척 신중하게 받아들였다. 그것이 바로 제 작업의 의도라고 반박했으나 오래 주장하지 않았다. 오기의 지적에 답하듯 네번째 원고는 사실 기술에 충실하게 작성했다. 오기는 뉴스 보도 이상의 흥미가 없다고 얘기해줬다. 다섯번째 원고는 두 스타일을 결합하다 보니 익숙하고 뻔한 장르소설의 도입부와 유사해졌고, 여섯번째 원고는 인터뷰 형식으로 전혀 달라져서, 오기는 기어이 왜 그렇게 일을 비효율적으로 하느냐는 핀잔을 늘어놓았다.

그 이후 아내는 어떤 원고도 오기에게 보여주지 않았다. 출판사와 계약한 날짜를 어겼고 결국 집필을 포기했다. 출판사에서 다른 책의 계약으로 바꿔보자고 했으나 아내는 계약금에 얼마간의 위약금을 덧붙여 송금하는 것으로 끝내 계약을 파기했다. 그 무렵 오기는 박사 논문을 완성했고 너무 이르지도 늦지도 않은 나이에 모교에 자리를 잡았다.

얼마 후 그들은 이사했다. 함께 선택한 곳은 타운하우스에 위치한 주택이었다. 시세에 비해 싼값이었으나 이제 갓 자리를 잡은 오기에게는 무리한 액수였다. 타운에 위치한 다른 집들 중에서 유독 마당이 넓었다. 그 마당이 방치되었다는 게 집값에 영향을 미친 것 같았다.

마당에는 넓은 규모의 텃밭이 일궈져 있었는데, 잘 가꿨다면 제법 수확물이 있었을 그 밭은 누렇게 말라 죽은 잎으로 덮여 있었다. 집주인의 아내가 치매를 앓으면서 정원이 엉망이 되어갔고 텃밭의 채소들도 미처 수확하지 못했다고 했다. 죽어가는 정원 탓인지 집은 음침하고 스산했다. 차림새가 추레한 집주인과 치매에 걸려 멍한 눈길로 오기와 아내를 돌아보던 노파 역시 그렇게 보였다.

오기는 내키지 않았지만 아내는 시세 차를 포기하지 않았다. 노파를 요양원에 들여보내면 혼자서는 감당할 수 없는 크기였기 때문에 노인은 어떻게든 집을 팔고 싶어 했다. 아내는 오기를 설득했다. 금세 설득당하지 않았다. 오기는 아내 몰래 중개인과 몇 곳을 더 둘러보았다. 마음에 드는 집이 있었다. 욕심낼 수 없는 액수였다. 그런 집을 보고 나면 확실히 아내가 고집한 집에 좀더 마음이 갔다. 이번에도 오기는 아내의 확신에 의지했다.

이사를 온 날 오기와 아내는 집 안팎의 불을 모두 켜두었다. 집에는 불을 밝힐 전등이 많았다. 모든 방의 불을 켜고 현관의 센서등도 계속 작동되도록 해두었다. 정원에는 불을 밝힐 수 있는 크고 작은 전구가 총 열네 개 있었는데, 그것들도 모두 켜두었다. 밤새 환하게 켜둘 작정이었다. 오기와 아내는 그들의 미래를 진심으로 축하하고 싶었다.

그 밤의 빛은 지금 오기가 누워 있는 병실만큼이나 밝고 환했다. 불빛 때문에 잠을 뒤척이더라도 침실의 형광등 역시 밤새 끄지 않을 생각이었으나 새벽에 오기가 잠에서 깨어났을 때는 전등이 모두 꺼져 있었다.

도대체 그 빛은 언제 사그라든 것일까.

3

어떻게 삶은 한순간에 뒤바뀔까. 완전히 무너지고 사라져서 아무것도 아닌 게 되어버릴까. 그럴 작정을 하고 있던 인생을 오기는 남몰래 돕고 있었던 걸까.

힘겹게 눈꺼풀을 들어 올린 후로 스스로에게 자주 그 질문을 던졌다. 종종 다른 사람에게도 질문을 받았다. 도대체 무슨 일이 있었는지 하는 질문. 친구들에게, 보험회사 직원에게, 사건의 마무리를 원하는 경찰에게, 문병 온 사람들에게. 장모는 아직 아무것도 묻지 않았지만 아마도 가장 힘든 문답을 나누게 될 것이었다.

깨어난 지 며칠 지나지 않아 오기는 한 사내의 방문을 받았다. 보험회사 조사원이었다. 그는 오기가 의식을 잃고 있는 동안 이미 병원을 방문했고, 이번에 오기의 상태에 변화가 생겨 다시 찾아왔다.

조사원은 오기가 정확한 의사 표현이 불가능하다는 것을 이해했다. 오기는 턱 관절과 신경에 손상을 입어 말을 할 수 없었고, 애써 입을 벌려도 마른 입술 사이로 얕은 신음을 내뱉는 게 전부였다. 오기는 눈을 깜박이는 것으로 그렇다거나 아니라는 정도로만 말할 수 있었다.

"어디를 가는 중이었습니까?" 하고 질문하면 오기는 대답할 수 없었다. "강원도에 가고 있었습니까?"라고 물어야 대답이 가능했다.

아내와 오기는 짧은 여행을 떠나려고 했다. 아내는 너무 오래 집에 틀어박혀 있었고 오기는 단 하루도 집에 있지 못했지만 피곤하기는 마찬가지였다. 연애 시절과는 다른 한적한 여행이었다. 먹을 것을 챙기려고 부지런을 떨거나 싸고 깨끗한 숙소를 구하려고 시간을 들일 필요가 없었다. 일정과 여행지를 정한 것은 아내였다. 예약도 모두 아내가 해뒀다. 오기의 일이 많아 가지 못할 뻔하다가 저녁 늦게야 출발할 수 있었다.

"날씨가 어땠습니까?"라고 물어도 대답하지 못했다. "비가 왔습니까?"라는 질문에는 눈을 한 번 깜박였다. 그렇다는 뜻이었다.

"운전은 오기 씨가 했습니까?"

이번에도 눈을 한 번 깜박였고, 한 번 더 깜박여야 하는지 조금 망설였으나 관두었다. 조사원이 오기의 대답을 '그렇다'라고 수첩에 적는 것 같아서였다. 거짓말이거나 사실이 아닌 것은 아니었다. 서울에서 출발할 때는 아내가 했지만 휴게소에서 잠깐 쉬고 다시 출발하면서 오기가 운전했다.

잠자코 있었지만 그 말을 할 수 있다면 좋았을 것이다. 오기가 생각하기에 무척 중요한 얘기였다. 오기가 두고두고 자책하고 후회할 만한 일이었으니까. 만약 계속해서 아내가 운전했다면, 굳이 자신이 운전석에 앉지 않았다면, 지금 이렇게나마 침대에 누워 대답을 하는 사람은, 척수가 마비된 채 병원 신세를 지는 사람은 오기가 아니라 아내가 되었을 것이다. 어느 게 나은지 알 수 없지만 어쨌거나 오기는 살아 있었다. 오기는 살기 위해 결정적인 순간 제 쪽으로 핸들을 꺾은 게 틀림없었다. 보통의 운전자들처럼 스스로를 보호하고자 무의식적으로.

"갑자기 가속하셨더라고요. 사고 당시 속도가 얼마였는지 아세요?"

조사원이 물었다. 오기는 그저 쳐다만 보았다. 어쩌면 눈알을 굴렸을지도 모른다. 오기가 대답할 수 있는 방식의 질문이 아니었고 답을 들으려면 조사원은 다른 형식으로 물어야 했다. 하지만 조사원은 그 질문을 포기했다.

"앞차를 봤습니까?"

오기는 눈을 한 번 깜박였다. 봤다는 뜻이었다. 봤지만 늦었다. 말을 할 수 있다면 그렇게 대답했을 것이다. 멈추지 못했다. 예보보다 이르게 비가 쏟아졌고 양도 많았다. 노면은 부드러웠고 제동 거리는 짧았고 힘껏 브레이크를 밟았지만 차는 속절없이 미끄러져 나갔다. 흔한 얘기고 자주 일어나는 일이고 바로 오기가 겪은 일이었다.

조사원의 질문에 딱히 오기가 답해야 할 것은 없었다. 보험금 지급과 관련하여 조사원이 작성한 문서에 오기의 동의가 필요한 정도였다. 우천 시 심야의 고속도로는 사고 발생 비율이 높고, 추돌 후 시설물을 들이받고 전복된 경우라면 사망자 발생률이 높아지기 마련이었다. 오기와 아내는 의심할 것 없는 일반적인 방식의 교통사고 사상자였다.

조사원이 오기에게 호텔 이름을 대고 숙소가 그곳이었냐고 물었다. 오기는 눈을 깜박거리지 않으려고 애썼다. 한 번 깜박이면 긍정이고 두 번 깜박이면 그렇지 않다는 것만 약속되어 있었다. 잘 모르겠다는 것을 어떻게 표현해야 할지 몰라서 그저 눈동자만 굴렸다.

"아닙니까?"

다시 질문을 받았다. 오기는 이번에도 눈을 감지 않았다.

"기억이 안 난다는 뜻입니까?"

오기는 천천히 눈을 한 번 깜박였다. 물론 그 호텔을 알고 있었다. 3년 전인가, 학회 세미나 때 간 적이 있었다. 그 후에도 오기는 두어 차례 그곳에 갔다. 하지만 아내와 묵기로 한 곳이 그 호텔이라는 건 뜻밖이었다. 아내는 오기에게 숙소를 말해주지 않았다. 오기가 묻지 않았던 것인지도 몰랐다.

말을 할 수 있다면 충분히 설명할 수 있었을까. 어떤 장면은 정확하게 기억났다. 그렇지 않은 순간이 더 많았다.

의사는 이미 오기의 불충분한 기억 상태를 임상적으로 설명해주었다. 뇌에 심한 충격이 가해지면 일시적으로 기억 상실이나 착란을 일으키는 건 흔한 일이라고 했다.

차가 가드레일을 받고 시커먼 언덕 아래로 미끄러져 내려가던 순간은 선명히 기억났다. 그 순간의 공포와 속도감은 처음 겪는 것이었고 잊기 힘들었다. 앞으로도 어떤 위기 앞에서는 매 순간 그 장면을 복기할 것 같았다. 오기는 두려웠지만 스스로 할 수 있는 게 없었고 누구도 도와줄 수 없으므로 소리를 지르지 않았다. 두텁고 끈적한 공기가 오기 주변을 에워쌌다. 두려움의 질감인 줄 알았는데 아니었다. 에어백이 오기의 시야를 가로막고 몸 쪽으로 무겁게 밀려 들어왔다. 그 낯선 압박감에 취해 오기는 두려움 속에서도 차라리 모든 것이 어서 끝나기를 바랐다.

정신을 차렸을 때는 자신의 몸이 둥둥 떠오를 줄 알았다. 흔히 임사의 순간에 그러하듯 허공에서 에어백에 처박힌 자신을 내려다보게 될 것이라고. 아무것도 보이지 않았다. 시야는 어두컴컴했고 타는 냄새가 났고 희미한 신음 소리가 났다. 자신이 내는 소리였다.

아내는 어디 있을까. 오기는 손을 더듬어 아내를 찾으려고 했으나 좁고 작고 컴컴한 상자에 갇힌 듯 꼼짝할 수 없었다. 그 불쾌한 폐쇄의 느낌과 아내와 분리되었다는 불안감 때문에 절망적인 기분이 들었다. 어쩌면 지금 이 순간 몸이 둥실 떠올라 모든 것을 내려다보고 있는 사람은 아내일지도 몰랐다. 슬픔이 공포를 압도했고 오기는 다시 정신을 잃었다.

차츰 그날과 관계된 일들이 모두 떠오를 것이다. 시차를 두고 조금씩 뒤죽박죽 기억이 떠오르면 그날 있었던 일을 납득할 수 있게 조립할 것이다. 시간이 흐르면 자연스럽게 그리될 것이다. 일시적인 충격에 의한 것이니 언젠가는 모두 기억날 것이다.

기억이 선명해지고 정황이 분명해질수록 오기는 슬퍼지고 서글퍼져서 비통할 것이다. 차라리 어떤 것도 떠오르지 않기를 바랄 것이다. 기억이 떠오를수록 아내를 잃었다는 것을, 다시는 아내를 볼 수 없다는 것을 받아들여야 할 테니까.

보험회사 직원을 비롯해 몇몇 사람들과 별 소득 없는 문답을 나누는 동안에도 장모는 오기에게 어떤 것도 묻지 않았다. 장모는 그저 질문을 던지는 사람 옆에 조용히 서 있었다. 오기가 피로해하는 기색을 보이면 더 이상 묻지 말라거나 나중에 질문하라고 부탁했다. 그 사람들이 떠나고 병실에 단 둘이 남게 되면 오기의 무덤덤한 손을 잡고 조용히 울었다. 어떤 때는 오래 울었다. 울음소리는 나지 않았다. 의사나 간호사가 들어오면 조용히 눈가를 훔치고 한쪽으로 비켜섰다.

묵묵히 슬픔을 끌어 올리는 장모를 보면 오기는 함께 울고 싶어졌다. 턱을 움직여 소리 낼 수 있다면 같이 울었을 것이다. 제 슬픔을 장모에게 전달하지 못해 안타까웠다. 아내는 죽고 자신이 살아남은 일을 사과하고 싶었다. 함께 아내에 대해 말할 수 없어 미안했다. 가슴속에서 통증이 일었다. 뜨겁게 끓었고 토할 것처럼 목구멍이 꽉 막혀왔다. 그 때문에 오기는 제가 울고 있다고 생각했다. 눈물이 흐르는 줄 알았는데 아니었다. 침이었다. 오기의 턱이 조금 움직였고 마른 입이 벌어졌고 그리로 슬픔 대신 침이 흘러내렸다. 오기는 계속 침을 흘렸다. 벌어진 턱을 제 힘으로 다물 수 없어서 그렇게 했다.

장모는 울면서 오기의 감각 없는 손을 어루만졌다. 장모의 손이 말라 있는지 눈가를 훔쳐 젖어 있는지 분간할 수 없었다. 간혹 장모가 손을 잡으면 전기가 흐르는 것 같은 느낌이 들 때도 있었다. 그럴 때마다 똑바로 장모를 쳐다보았지만 장모는 제 슬픔에 겨워 잘 알아차리지 못했다.

그 느낌이 손의 감각이 돌아오고 있다는 신호인지, 몸에 연결된 많은 의료 기기의 케이블이 일으킨 마찰 때문인지 알 수 없었다.

4

이전의 오기에게 '장애'는 오래전의 전쟁에서 팔다리를 잃고 돌아온 재향군인을 떠올리게 하는 말이었다. 출생 당시 염색체의 의문스러운 조합에 의해서거나 유전자에 남은 가문의 멍에 때문에 벌어지는 비극을 뜻하는 말이었다. 물론 오기에게는 해당 사항이 없었다. 오기와 완전히 다른 세계에 존재하는 말이었다.

침상에 누운 채로 치료실이나 검사실로 이동할 때면 사람들은 오기를 노골적으로 쳐다보거나 쳐다보지 않으려고 애썼다. 어른들은 의식적으로 쳐다보지 않았다. 눈에 띄지 않게 오기를 살펴본 다음 무관심을 가장했다. 아이들은 반대였다. 오기를 쳐다봤다. 손을 잡고 있는 엄마를 불러 함께 보라고 하거나 무섭다는 듯 인상을 찌푸리거나 실제로 무섭다고 말했다. 오기를 따라오며 엄마에게 '아저씨는 왜 다쳤어요?'라거나 '얼굴이 왜 그래요?'라고 묻기도 했다.

천진무구보다 더 싫은 것은 동정이었다. 아이들의 질문에 어른들은 '그러면 못써' 하고 손을 잡아끌었다. '다치신 거야. 불쌍한 분이야'라고 작게 말하면 화가 났다.

어떤 사람들은 오기에게 두려움을 느끼는 것 같았다. 연인들은 갑자기 손을 잡았고 대화를 나누던 사람들은 말을 멈추고 오기가 누운 침상이 지나가기를 기다렸다. 오기를 피하는 것이 자신들을 사고나 재해로부터 안전하게 보호해준다고 믿는 것 같았다. 다른 이유일 수도 있었다. 그저 오기의 얼굴이 흉하게 생겨서일 수도.

몇 개월째 병원에 입원해 있으면서도 오기는 제 몸을 잘 받아들이지 못했다. 더 이상 자신의 신체 통제권을 가질 수 없다는 걸 인정하기 힘들었다. 과거의 자신과 현재의 자신 사이에 존재하는 불일치를 어떻게 대처해야 할지 알 수 없었다. 모든 게 예전 같지 않을 것임을 예상할 수 있을 뿐 앞으로 얼마나 많은 것이 바뀔지, 그것들이 오기를 어떻게 바꾸어갈지 짐작조차 할 수 없었다.

예전과는 완전히 다른 생활 방식을 익혀야 했다. 식사는 식당에 앉아 조미료가 적게 들어간 유기농 재료로 만들어진 음식을 느긋이 씹어 영양분뿐만 아니라 맛과 분위기, 음식이 주는 품격을 공급받는 것이 아니었다. 고무튜브를 통해 일정한 분량의 유동식을 흡입하는 것이었다. 이를 놀리거나 턱을 움직이거나 혀를 굴릴 필요가 없었다. 고무튜브를 끼워 넣을 때의 불쾌감 때문에 유동식의 미끈한 식감이나 무미건조한 맛은 뒷전이었다. 이전에는 꾸준히 프로바이오틱스를 복용해왔고, 장운동이 원활하여 배변으로 고생하는 일은 없었다. 그것도 소용없어졌다. 대장과 항문의 조절 능력을 잃으면서 오기는 자주 간병인에게 불쾌한 꼴을 보이고 비애를 느껴야 했다.

정교수가 된 기념으로 아내와 함께한 이탈리아 여행에서 구입한 두 벌의 슈트는 언제 다시 입게 될까. 지금은 병원 이름이 인쇄된, 개폐가 용이한 환자복 중에서 비교적 소독약 냄새가 덜 나는 걸 선택하는 게 최선이었다. 오기는 하루 종일 침대에 똑바로 누워 있었다. 간병인은 오기의 다리와 발목 아래를 베개로 지지하여 발뒤꿈치가 침대면에 닿지 않도록 했다. 욕창을 방지하려고 하루에 두어 번 오기의 몸을 옆으로 돌려 눕혔다. 아침과 오후에 한 번씩 각각 왼쪽과 오른쪽으로. 오기의 몸을 돌릴 때마다 간병인은 앓는 소리를 냈다.

의식이 돌아오고 나서도 한참 시간이 지나서야 오기는 제 얼굴을 보았다. 거울로 얼굴을 찬찬히 들여다본 것은 오랜만이었다. 간혹 유리에 비친 제 모습을 보기는 했다. 검사실로 이동할 때 환자용 침대에 누워 엘리베이터 벽면이나 천장에 비친 모습을 볼 때도 있었다. 간호사의 커다란 손목시계에 얼굴이 비치기도 했다.

47년간 한 번도 의심해본 적 없는 것 중에 그 자신의 얼굴도 있었다. 오기의 얼굴은 골격과 형상이 완성된 후에도 살이 찌거나 빠지는 식으로 매번 조금씩 달라져왔다. 아이 시절의 탄력과 혈색은 완전히 사라졌고 중력이 점점 턱살을 처지게 만들고 있었다. 여드름이나 비립종 같은 게 자주 났고 낯빛이 점차 어두워지는 등 계속해서 변해왔다.

그러나 어떤 때건 그 자신의 얼굴이라는 건 변함없었다. 높지는 않지만 단정한 콧대, 동그스름한 광대뼈, 숱이 많아 미용실에 갈 때면 적당히 다듬어야 했던 눈썹, 쌍꺼풀 없이 가로로 길쭉한 눈 같은 것 말이다. 그것들은 모두 없어졌다. 손상된 안면 근육을 보강하려고 덕지덕지 덧붙인 피부와 근육 강화를 위해 턱에 부착된 인공 조형물이 보였다.

거울 속의 오기는 완전히 낯선 사람이었다. 자신임을 확신하게 하는 건 침대 발치의 이름표뿐이었다. 오기는 신체적 불구를 확인했을 때보다 더 충격을 받았다. 의식을 회복했을 당시의 의문, 과연 살아난 것이 장한 일인지 하는 생각에 다시금 빠져들었다.

모든 것을 포기하고 싶은 순간이 이어졌다. 의사의 계속되는 심리 치료도 삶에 희망을 느끼게 하는 데 아무런 도움이 되지 않았다. 끝내 의식을 회복하지 않았다면 존엄사를 선택할 수도 있었을 텐데, 그 기회마저 날려버린 것 같아 분했다. 의식이 돌아온 날 밤, 천장에서 자신을 내려다보던 아내의 형상 때문이었다. 오기가 잠에서 완전히 깨어난 것은 분명 그 때문이었다.

밤이면 기도를 하고 잤다. 세상이 망하거나 급작스러운 약물 쇼크나 증상 악화로 호흡이 정지하는 일이 벌어지기를 바랐다. 물론 그렇게 기도할 때에도 오기는 다음 날 무슨 일이 벌어질지 잘 알고 있었다. 여전히 태양이 떠오르고 오기는 그저 잠에서 깨어날 것이다. 세상은 태연하게 오기가 누락된 생활을 시작할 것이다. 오기는 입안에 밤새 고여 있어 냄새나는 숨을 내쉬며 병상에서의 하루를 시작할 것이다.

장모는 하루에 한 번씩 오기를 보러 들렀다. 염려하는

표정으로 오기를 보았고 조용한 목소리로 간병인에게 오기의 상태를 물었다. 괜찮지 않을 게 분명한 오기에게 '괜찮은가' 하고 묻기도 했다. 달리 할 말이 없어서였을 것이다. 걱정스럽게 오기를 보고 있다가 굳이 하지 않아도 좋을 일, 이불을 덮어준다거나 침대 주변을 치우는 일을 했다. 그러고는 간병인과 조용히 몇 마디 나누고 돌아갔다.

그날따라 장모는 쉽게 돌아가지 않았다. 간병인과 간단한 얘기를 나눈 후에도, 침대보를 마름하는 일을 끝내고도 멍하니 보조 의자에 앉아 있었다. 오기는 장모를 봤다. 장모는 곁을 잘 주지 않아 어려웠지만 예의 바르고 단정한 사람이었다. 그런 장모를 보노라니 아내도 저리 나이 들어갔으리라 싶어졌다. 늙은 아내를 상상하면 꼭 장모의 얼굴이 그려졌다.

간병인이 잠깐 자리를 비운 틈에 장모가 오기 곁으로 왔다. 장모는 유독 수줍어 보였다. 한참을 머뭇거리다가 클러치백에서 작은 벨벳 주머니를 꺼냈다. 장모는 그것을 꼭 쥐고 가만히 있었다. 병실 밖에서 누군가 떠드는 소리가 들리자 화들짝 놀라 클러치백 안에 벨벳 주머니를 넣었다가 잠잠해지자 다시 꺼내 들었다.

"이게 뭔지 알겠나."

반지였다. 직경이 5밀리미터쯤 되는 다이아몬드가 박힌 반지.

오기는 눈을 깜박이지 않았다. 반지인 줄은 알았지만 그걸 묻는 건 아닐 것이다.

“딸애가 끼고 있던 걸세.”

아내의 반지. 오기는 기억나지 않았다.

“경찰이 주었어.”

장모가 아내의 반지를 꼭 쥔 채 얼굴을 감쌌다. 우는 것 같았다. 오기는 가만히 있었다. 장모는 언제든 그럴 수 있었다. 딸을 그리워하고 딸에 관해 이야기하고 딸을 생각나게 하는 물건을 만지거나 얘기하고 싶어 할 수 있었다.

간병인이 문을 열었다가 장모가 우는 걸 보고 조용히 닫았다. 장모는 지금까지도 여러 번 이런 식으로 울었다. 아무 소득 없이 쉽게 눈물을 흘렸다. 이번에는 아닌 것 같았다.

“이거 말일세. 내가 가지고 있어도 되겠나.”

장모가 울먹이며 말했다.

“그 애 건 이것뿐이야.”

오기는 서둘러 눈을 깜박였다. 말을 할 수 있었으면 더 흔쾌했을 것이다. ‘그럼요, 그렇고말고요. 장모님은 충분히 그러실 수 있어요. 당연히 그건 장모님 겁니다.' 값비싼 반지를 내달라는 장모가 민망하지 않도록, 마땅히 그 반지를 가질 권리가 있다는 것을 여러 차례 반복해서 말했을 것이다.

"미안하네. 내가 가질 물건이 아닌데."

'괜찮아요. 당연히 장모님이 가져야 하는 물건이에요.'

그렇게 말하고 싶었다. 그럴 수 없어서 고작 눈을 한 번 깜박였다.

"가져도 되겠나?"

장모가 다시 수줍게 물었다. 그렇다는 허락을 반드시 받아야 한다는 듯 오기에게서 눈을 떼지 않았다.

'네, 그럼요. 이미 장모님 거예요.'

오기는 눈을 깜박였다. 너덜거리는 턱의 근육을 움직여 웃으려 애썼다.

"고맙네. 유품이라고 해도 함부로 가지면 안 되는 거야. 암, 절대 안 되지. 더욱이 이게 얼마나 귀한 건가. 하지만 이 반지는…… 그 애가 일을 당했다는 게 믿기지 않아."

장모가 오기의 손을 잡았다. 울었다. 오기는 장모의 손을 마주 잡아주고 싶었다. 성격이 깔끔하고 분별 있는 장모가 민망하지 않도록, 아내의 유품을 가질 사람은 장모뿐이라는 것을 알 수 있도록.

조용히 울던 장모가 움찔했다. 눈을 동그랗게 뜨고 오기를 쳐다봤다. 오기는 장모가 왜 그러는지 곧 알게 되었다. 장모가 다급하게 간호사를 불러왔다. 간호사는 오기를 지켜보다가 의사를 호출했다. 의사는 몇 가지 검사 후에 오기가 왼손의 운동 기능을 회복하고 있다고 말해주었다.

살아나고 있다는 기분. 오기는 진심으로 그런 기분을 느꼈다. 근래에 이런 활력은 처음이었다. 뭐든지 할 수 있을 것 같았다. 처음에는 뇌가 깨어났다. 뇌는 충격을 받아 무뎌지긴 했지만 서서히 회복되었다. 눈을 뜨고 감는 것 말고 어떤 기관도 오기의 의지를 반영하지 못했는데, 이젠 아니었다. 운동 신경이 회복된 왼팔을 움직일 수 있었다. 어쩌면 죽음의 경계에 다가갔던 순서대로 삶 쪽으로 더디게 되돌아오는 중인지도 몰랐다.

의사와의 심리 상담에서도 별 안정감을 찾지 못하던 오기에게 서서히 의지가 생겨났다. 왼팔 덕분에 자신에게 남은 것들을, 삶에 애착을 가질 만한 것들을 떠올렸다. 그런 것들이 너무 많았다. 왼팔만으로도 그것들을 다 움켜쥘 수 있을 것 같았다.

병실 분위기는 다소 활기를 찾았다. 간병인은 오기에게

좀더 자주 말을 걸었다. 장모는 낯을 가리기는 했지만 "힘을 내게. 집으로 걸어 들어가야지" 하고 오기를 응원했다.

오기는 본격적으로 재활에 돌입했다. 시간표를 짜서 하루에 몇 시간씩 재활에 매달렸다. 너무 무리했는지 허벅지 핏줄이 터져서 보름 동안 치료를 중단하기도 했다. 그렇게 매진한 후에는 혼란스럽고 우울한 기분에 빠져 모든 치료를 거부했다.

"보통 다들 그렇죠."

의사가 당연하다는 투로 말했다.

"신체가 손상되면 혼돈을 겪는 시기가 오기 마련입니다. 사고 과정이 둔화되고 무감각해지죠. 그러면 당연히 이런 생각을 하게 됩니다. 내가 왜 이렇게 됐지, 어쩌다가 이렇게 됐지, 그런 생각이오. 왜 아니겠어요. 그래도 곧 힘을 내기 마련입니다. 사람이니까요. 차츰 안정을 찾아 재활 치료에 몰입하죠. 하지만 오래 못 가요. 재활에 매진할수록 신체적 통증이 심해지지만 회복은 더디니까요. 단기간에 회복될 일이 아니라는 걸 깨닫는 순간 불안과 우울에 빠지게 될 겁니다. 그래도 괜찮아요. 살아 있으니까요. 뭐든 해볼 수 있으니까요."

의사는 다정한 말투로 오기가 유별나서가 아니라 그저

사람이라면 겪는 과정이라고 말해주었다.

오기는 안도했다. 보통의 절차를 밟는다고 생각하면 마음이 편했다. 지금의 자신이 특별한 걸 참을 수 없어서였다. 이 특별함은 신체적 불구에서 기인한 것이기 때문이었다.

5

두 명의 간호조무사가 오기가 누워 있는 침대를 앞뒤로 잡고 조심스럽게 철제 대문 안으로 들어섰다. 오기는 똑바로 누워서 이제껏 본 적 없는 각도로 제 집을 올려다보았다. 침대가 움직일 때마다 박공 지붕이 일그러지며 그림자를 쓱 내밀었다. 어두침침한 본채 외벽이 크게 일렁였다. 녹나무가 무성한 가지를 오기 몸 위로 한껏 뻗어 내렸다. 포치가 답답하게 시야를 가로막았다.

오기가 머물 방, 예전에 아내와 함께 쓰던 침실로 들어가기까지는 시간이 좀 걸렸다. 간호조무사들이 실수를 하거나 오기가 불편한 몸으로 스스로 들어서려고 고집을 부렸기 때문은 아니었다. 오기는 그럴 수 없는 형편이었다.

3개월간의 집중 재활에도 나아진 건 별로 없었다. 고개를 좌우로 조금씩 움직이게 되었고 왼팔을 사용할 수 있었다. 그뿐이었다. 왼팔은 처음에 그에게 삶의 의지를 불러일으켰다. 지금은 좀처럼 나아질 리 없다는 좌절감만 주었다. 성실한 재활 후에도 어떤 기관도 회복되지 않았다. 왼팔을 무리해서 사용하면서 자주 쥐가 나고 근육통을 앓았다. 허약해진 오른팔과의 차이가 두드러졌다. 홀로 회복된 왼팔 때문에 오기 몸은 오랜 신체적 균형이 깨지고 있었다.

이동식 침대에 실려 두 명의 간호조무사와 함께 들어서는 오기를 장모가 막아섰다. 장모는 오기가 누워 있는 침대를 부여잡고 울었다. 오기는 아이처럼 얼굴을 일그러뜨리며 큰 소리로 우는 장모를 처음 봤다. 병원에서도 장모는 자주 울었다. 소리 없는 울음이었다. 조용하고 단정하고 차가운 울음이었다. 침묵 속에 있을 때조차 우는 듯 보였다. 하지만 사람들 앞에서는 눈물을 보이는 법이 없었고 딸의 죽음을 받아들인 듯 굴었다.

오기는 한참 만에야 제 방에 누울 수 있었다. 이튼알렌의 장미목 침대 대신 낮고 좁은 환자용 침대가 놓여 있었다. 높낮이를 조절할 수 있는 침대였다. 아내와 사용하던 침대는 오기에게 너무 크고 높을 터였다. 달라진 건 침대

뿐인데도 방은 시설 나쁜 요양원처럼 삭막하고 썰렁해 보였다.

퇴원 수속을 하고 오기가 머물 방을 정리하는 등의 일은 모두 장모가 했다. 장모는 오기의 주치의와 면담을 하고 다음번 수술 일정을 상의했다. 오기의 예후를 물었고 의사에게 들은 얘기를 오기에게 전했다. 물리치료사와 향후 재활 방법을 상담했다. 통원 치료를 위해 차량을 계약하고 출장 물리치료사도 채용했다. 오기는 정기적으로 병원을 방문해 검진을 받고, 출장 물리치료사에게 관절과 근육 재활 치료를 받을 것이다. 장모는 오기가 사용할 의료용 침대와 재활 치료에 필요한 각종 보조 기구도 구입해 뒀다.

장모 외에는 그 일을 할 사람이 없었다. 오기에게 가족이라 할 사람은 장모뿐이었다. 실제로 장모는 오기의 법정후견인 자격을 갖추고 있었다.

장모는 입주 간병인도 구했다. 간호사의 도움을 받아 인터넷 사이트에 구인 공고를 냈다. 입주 형식의 간병인이어서 지원자가 많지 않았다. 장모는 그들을 일일이 만나 경력을 묻는 등 면접을 치렀다. 채용을 확정하고 급여와 근무 조건을 조율했다.

간병인은 입성이 촌스럽기는 하지만 뭐니 뭐니 해도 경력이 많다고 했다.

"지난번 집에서는 다 죽게 생긴 사람을 살렸다네."

그렇게 얘기했다. 오기는 웃었다. 소리를 낼 수 있다면 크게 웃었을 것이다. 장모는 과장하고 수선스럽게 구는 법이 없었다. 간병인이 떠벌린 말일 터였다.

출장 물리치료사에 대해서도 비슷한 얘기를 했다. 지금 돌보고 있는 환자가 재활에 성공했다는 것이다.

"제 발로 걷기까지 딱 1년 걸렸다네. 얼마나 용한지."

오기가 싫어하는 것 중 하나가 난치병 완치에 관한 이야기였다. 평소였다면 이기죽거렸을 것이다. 살려고 온갖 걸 다 먹고 별짓을 다 했겠죠. 그렇게 말했을 것이다. 하지만 오기는 얘기를 잘 듣고 있다고 맞장구쳐주고 싶었다. 그럴 수 없어서 눈을 깜박였다.

오기는 여전히 신음처럼 들리는 말을 내뱉거나 누구도 알아들을 수 없게 웅얼거렸지만, 의사에 따르면 다음번 수술 후에는 확실히 좋아질 것이었다. 부서진 턱 근육이 제자리를 찾고 있으며 큰 상처를 입은 성대도 회복되고 있다고 했다.

"응, 응, 그래. 당연히 내가 할 일이네. 고마워 말게."

장모가 제 식대로 대꾸했다. 오기는 제가 하려던 말이 그것이라는 듯 다시 눈을 깜박였다.

"내가 아니면 누가 하겠나."

낮게 한숨을 내쉰 후에 물었다.

"오랜만에 집에 오니 어떤가?"

오기는 눈을 들어 익숙한 천장의 네모난 전등을 바라보았다. 광폭하게 환한 병실의 불빛에 비하면 촉이 나갔나 싶을 정도로 어두침침했다. 아늑했다. 안전하게 느껴지는 불빛이었다.

"좋지?"

장모가 재촉하듯 물었다.

오기는 눈을 크게 깜박였다. 좋았다. 그간 우울하고 비참한 날들이 계속되었다. 앞으로도 그런 날이 많을 테지만 지금은 편안한 기분이었다. 몸이 아파도, 움직일 수 없어도, 아내를 잃었는데도 이런 기분이 든다는 게 의아할 정도로 마음이 놓였다.

"당연히 좋지. 좋을 테지."

장모가 탄식하듯 말하고는 갑자기 훌쩍였다. 오기가 이 정도로 회복된 게 기뻐서 우는 것은 아니었다. 딸 때문에 우는 것 같았다. 이런 상태로도 집에 돌아오지 못한 딸이

애처로워서, 이제는 영영 볼 수 없는 딸이 그리워서 울었다.

오기는 장모를 쳐다보았고 달래듯이 눈을 깜박였다. 병원에서와 달리 장모는 큰 소리로 울었고 자신의 말과 결정에 오기의 동의와 칭찬을 요구했다. 오기는 조금 피로했지만 장모가 원하는 대로 해주고 싶었다.

하지만 장모가 더 큰 소리로 울자 오기는 멀뚱히 천장 쪽으로 시선을 돌렸다. 자신이 말을 하지 않아도 된다는 게, 의사소통을 위해 그저 눈만 깜박이면 된다는 게, 여차하면 그것도 하지 않아도 된다는 게 편할 때가 있었다. 바로 지금이 그랬다. 오기는 지쳐 있었다. 누구를 위로할 처지가 아니었다. 오기보다 불행한 사람은 없었다. 장모는 그걸 알아야 했다. 장모가 자신을 보며 우는 걸 이해해왔지만 앞으로는 화가 날 것 같았다.

장모는 이제 조용히 흐느꼈다. 한바탕 크게 울음을 터뜨린 거라면 금세 잦아들겠지만, 훌쩍이듯 울어대는 것은 언제 끝날지 알 수 없었다. 오기는 금세 불행해졌다. 자신에게 행복이나 안락은 사치인지도 몰랐다. 장모가 그걸 일깨워줬다. 아내는 죽고 오기 홀로 살아남았다는 것을. 오기는 죽은 아내를 부러워해야 하는 처지였지만 주위 사람들에게는 이렇게라도 살아서 얼마나 다행이냐는 소리나 들었다.

오기는 홀로 있고 싶었다. 익숙한 제 집에 얼마 만에 돌아온 건지 몰랐다. 병원에서도 종종 혼자 있을 수 있었다. 2인실이었는데, 옆 침상 환자가 진료실에 가느라 자리를 비울 때가 있었다. 짧은 시간이었다. 간호사나 간병인이 간혹 장모가, 옆 병상 환자에게 문병 온 가족이나 친구들이 끊임없이 들락거렸다.

병원에 있으면 위성도시의 5일장을 떠도는 기분이었다. 늘 떠들썩했고 누구라도 언제든 문을 열고 들어왔다. 심지어 오기가 연결된 튜브를 통해 오줌을 눌 때에도 문을 열어놓은 채 들어와 말을 시켰다. 앞으로도 간병인에게 내맡겨야 하는 처지이므로 홀로 고요히 있고 싶다는 것은 불가능한 소망에 가까웠다. 그렇기는 해도 익숙한 집을 둘러보고 냄새를 맡고 침대보를 쓸어보고 천장의 무늬를 헤아리는 동안이라도 홀로 있고 싶었다.

장모는 방에서 나갈 생각이 없는 듯했다. 조용히 흐느끼다가 어느 순간 울음을 멈추더니 침대 발치에 놓아둔 간이의자에 앉았다. 거기에 앉아 계속 오기를 바라보았다. 오기가 뭔가 요구하면 당장 달려오겠다는 듯 눈을 떼지 않았다. 간혹 입을 오물거리며 뭔가 중얼거렸으나 오기에게 하는 말은 아니었다. 오기는 장모에게 어떤 것도 부탁하고 싶지 않았다. 앞으로 그래야 할 일이 많겠지만 적어도 지금은 아니었다.

8개월 만에 돌아왔다. 아내와 함께 떠난 여행에서 홀로 돌아온다는 게 어떤 의미인지 다른 사람들은 알고 있는지 궁금했다. 오기는 자신의 처지에 화가 나는 동시에 누구에게도 이해받지 못하리라는 것 때문에 외로웠다.

장모는 오기가 잠들면 방에서 나갈 생각인지도 몰랐다. 오기는 눈을 감았다. 장모는 가만히 앉아 있었다. 작은 소리라도 내서 오기를 방해할까 봐 숨도 가만가만 내쉬었다. 오기는 부러 크게 숨을 내쉬었다. 장모를 힐끔대느라 어쩌면 오기의 눈꺼풀이 부자연스럽게 떨렸을지도 모르지만 계속해서 자는 척했다. 오로지 얼마간 홀로 있기 위해서.

장모와 단둘이 이렇게 오래 있는 건 처음이었다. 결혼한 지 15년이 되었지만 그간 길게 말을 나눈 적이 거의 없었다. 뭔가를 상의해야 할 것도 없고 나눌 화제도 없었다. 장모는 말수가 적고 낯을 가렸고 오기는 곰살맞지 않았다. 장모와 더 가까워지려고 노력할 필요도 없었다. 장모와 오기 사이에는 항상 아내가 있었다. 장모는 언제나 아내를 찾았고 무슨 일이든 아내와 상의했다. 아내가 장모와 얘기를 나누다가 간혹 오기를 끼워주는 걸로 족했다. 아내가 없을 땐 매사 말이 많은 장인이 있었다. 장인은 무슨 화제든 욕을 하고 비난하는 것으로 시작했지만 그렇기 때문에 할 얘기가 끊이질 않았다.

처음 장모를 만났을 때가 생생히 기억났다. 오기는 긴장하고 있었고 부모에 대한 아내의 두 가지 조언을 잘 기억해뒀다. 아버지는 말이 많지만 어머니는 그렇지 않다고 했다. 장인이 하는 말은 잘 들어주고 계속 맞장구치고, 장모에게는 자주 말을 걸 생각이었다. 두번째 조언으로 아내는 '아빠 인생에는 많은 것이 있지만, 엄마 인생에는 딸밖에 없다'고 했다. 아빠는 무심하고 엄마는 애착이 강하다는 뜻이었다. 장인에게는 이제껏 이룬 공을 치켜세우고, 장모에게는 아내를 칭찬할 생각이었다.

오기는 최선을 다하고 싶었다. 아내의 부모에게 잘 보이고 싶었다. 오기는 아내를 사랑했고, 아내의 부모가 흔쾌할 결혼식을 치르고 싶었다. 그럴 형편이 아니었기 때문에 더 애를 썼다. 오기는 장래가 불투명한 인문계 대학원 박사 과정 중이었고 부모가 없었고 부모에게 받은 재산도 없었다. 아내의 부모를 만나러 가면서 오기는 제 처지를 크게 의식했다.

장모는 나이에 비해 젊어 보였다. 곱게 나이 들었고 단아했다. 동네에 흔한 아줌마다운 느낌이 조금도 없었다. 얼굴선이 날카롭고 눈이 큰 아내와 달리 둥근 얼굴에 반달형 눈매를 가지고 풍채가 좋았지만 그럼에도 불구하고 매우 닮았다는 느낌을 주었다. 아내가 장모처럼 나이 들어간다면 좋을 것 같았다.

그래도 주책스럽고 소탈한 구석이 없어서 사실 불편했다. 장모가 좀더 소박하고 서글서글했다면 오기가 식사 내내 진땀을 흘리는 일은 없었을 것이다.

처음에는 매사 트집을 잡는 장인이 어려웠다. 잘 보이긴 글렀구나 싶었다. 점차 시종일관 부드러운 표정을 짓고 있는 장모가 더 어렵게 느껴졌다. 아내는 무심했다. 상관없는 사람들 사이에 앉아 있는 것처럼 굴었다. 이상했다. 장인과 장모가 될 사람은 물론이고 아내까지 모르는 사람 같았다. 나중에 생각해보니 아내 역시 그 자리가 어색했던 것 같았다. 늘 집 밖으로 나도는 아버지와 남편 대신 딸에게 모든 걸 쏟아붓는 엄마와 함께 단란하게 앉아 있는 일 말이다.

장모는 입에 넣은 음식물을 소리 내지 않고 씹으며 아내와 오기를 번갈아 바라보았다. 아내를 바라볼 때의 자부

어린 표정과 오기를 바라볼 때의 미심쩍은 표정이 교차했다. 그래도 대체로 교양 있고 세련되고 예의 바른 미소를 짓고 있었다. 한마디로 거리감이 느껴지는 표정이었다.

장인만이 계속해서 오기에게 질문을 던졌다. 주로 오기의 부모에 관해서였다. 오기가 무슨 대답을 하건 장인은 한탄으로 끝을 맺었다. 어쩌자고 이렇게 일찍 돌아가셨나, 하는 식이었다.

사람들은 오기에게 부모에 대해 말할 때면 조심스럽게 굴었다. 그렇게 함으로써 오기가 어려서 겪지 말아야 할 일을 겪었다는 걸 알 수 있게 했다. 가급적 부모 이야기는 꺼내지 않았고 어쩌다 얘기가 나오면 상처를 들춰낸 것을 정중히 사과했다. 그럴 때면 오기는 기분이 상했다. 이유 없이 자신을 따돌리던 아이들을 상대할 때와 비슷한 심정이었다. 그들은 모두 오기에게 부모가 없는 게 결격임을 알려주었다. 사람들은 모두 그것을 의식했다. 오기가 결락감을 느끼기를 강요했다.

장인이 오기에게 어머님이 어떻게 돌아가셨는지 물었다. 어디가 아프셨는지, 얼마나 앓으셨는지, 어느 병원의 전문의에게 치료를 받으셨는지 하는 것들을 자세히 듣고 싶어 했다.

어머니에 대해 오기는 거짓말을 했다. 이제껏 그래왔으므로 어렵지 않았다. 오기는 어머니가 간 질환으로 돌아가셨다고 말해왔고 실제로 어떤 때는 정말 그런지도 모른다고 생각했다. 어머니는 오랜 우울증으로 불면에 시달렸고 그러느라 고된 노동과 알코올 없이도 피로가 중첩되었고 그것이 간 손상을 가져온 것이라고.

장인의 질문 앞에서 오기는 좀 쩔쩔맸다. 장인은 초진을 탓하는 종합병원의 전문의처럼 굴었다. 간 수치가 어디까지 올라갔는지, 그러기까지 시간이 얼마나 걸렸는지, 초기 대응을 잘못한 게 아닌지, 의사에게 그런 질문을 하기는 했는지 하고 연이어 물었다.

아버지에 대해서는 더했다. 오기가 장폐색 운운하던 의사의 얘기를 꺼낸 게 실수였다. 장인은 변변한 전문의 하나 알지 못하는 오기를 무능하다고 비난하며 질문을 이어갔다.

장인의 타박에 제대로 대응할 수 없었다. 처음에는 궁색하게 답을 이어가려고 했으나 잘 모르는 게 당연하다는 생각이 뒤늦게야 들었다. 그러는 바람에 오기는 병원을 전전하던 과정을 쓸데없이 늘어놓았고, 제대로 아는 게 없어 두리뭉실하게 말했고, 그 때문에 트집을 잡혔고, 장인에게서 간 질환이나 암이 가족력은 아닌지 하는 의심 섞인 질문도 받아야 했다.

이후에도 장인은 불쑥 부모 얘기를 꺼냈다. 부모의 죽음이 특별한 질환 때문이거나, 대물림되어 장래 집안에 불행을 초래할까 봐 걱정되어서 그러는 것은 아니었다. 그저 오기가 못마땅한 것 같았다. 오기에게 없는 것을 상기시키는 게 목적 같았다. 지금도 없고 앞으로도 절대 가질 수 없는 것을 얘기해줌으로써 오기의 처지를 깨닫게 하려는 의도 같았다. 오기는 아내를 보았다. 아내는 무표정하게 맞은편 벽을 쳐다보고 있었다. 오기를 도와줄 의사가 없는 듯했다. 어쩌면 오기와 함께 이 자리에 앉기 전 부모에게서 모두 들은 얘기인지도 몰랐다.

장인이 급기야 오기에게 "고아면 폐백은 건너뛰어도 되나" 하고 농담조로 물었다. 오기가 우물쭈물했고 장모가 나섰다.

"교장 선생님, 저도 고아잖아요. 교장 선생님도 그렇고요. 언젠가 죄다 그렇게 될 걸 뭘 그러세요."

장인이 멋쩍은 듯 물을 마셨다. 다 마시고 큰 소리로 물을 더 달라고 했다. 오기가 엉거주춤 일어나 룸 밖에 있는 웨이트리스에게 물을 부탁했다.

장모가 작은 목소리로 장인을 훈계했다. 아내는 그런 아버지나 아버지를 교장 선생님이라고 부르며 잔소리하는 어머니가 익숙한 모양이었다. 잠시 인상을 쓰기는 했으나 별 대꾸를 하지 않았다.

장모의 말이 효력을 발휘했는지 장인은 식사하는 동안 더는 고아라는 말을 하지 않았다. 오기의 부모에 대해서도 질문을 이어가지 않았다. 수다한 장인은 재빨리 이야깃거리를 바꾸었다. 오기의 가망 없는 학업과 전망 없는 미래를 화제로 삼았다. 그런 질문이라면 괜찮았다. 오기가 아내와 동료들, 심지어 지도교수와도 늘상 나누는 화제였다. 오기와 동료들은 자신들이 얼마나 쓸데없는 일에 시간과 돈을 투자하고 있는지 농담했다. 그렇게 함으로써 불확실한 미래가 주는 불안을 조금 털어냈다.

게다가 부모에게 미덥지 못한 것이 오기에게는 낯선 일이 아니었다. 아버지 역시 내내 오기를 못마땅해했다. 도대체 언제 사람 구실 할래. 사내자식이 방구석에서 맨날 책 쪼가리나 들여다보고 뭐하는 짓이냐. 오기를 볼 때마다 아버지는 그렇게 말했다. 아버지가 말하는 사람 구실이라는 건 경제적 자립을 뜻했다.

장모는 다시 티 나게 장인을 타박했다.

"교장 선생님도 윤리 과목 담당이셨잖아요. 평생 쓸데없는 걸 배우고 가르치셨으면서 그래요."

장모가 대단한 농담이라는 듯 웃으며 말했다. 오기는 어떤 반응을 보여야 할지 몰라 머뭇거렸다. 장인이 따라 웃었다. 미동 없고 묵묵하던 아내도 조금 웃었다. 오기만 웃지 않았다. 오기는 이 가족의 오래된 농담 때문에 자신이 이들과 완전히 남남이라는 것을 상기했다.

전채 요리를 시작으로 디저트가 나오기까지 장모는 모든 종류의 커트러리를 완벽하게 사용했다. 음식을 먹고 나면 냅킨으로 입 가장자리를 조심스레 닦고 접시 오른쪽에 포크와 나이프를 가지런히 올려두는 것도 인상적이었다.

처음에 오기는 내키는 대로 커트러리를 사용하는 장인과 그런 걸 의식하는 게 촌스럽다고 여기는 아내, 완벽한 순서와 매너로 식사하는 장모 사이에서 조금 당황했다. 종종 아내와 장모를 곁눈질해 커트러리를 선택하고 장모와 식사 속도를 맞추려고 애썼다. 대놓고 자신을 타박하는 장인보다 우아하게 본심을 감추는 장모에게 잘 보이고 싶었다.

세번째 요리가 나왔을 때 장모가 멀거니 오기를 쳐다봤다. 장인이 식사를 시작하고 아내도 먹기 시작했다. 장모가 우물쭈물하는 오기에게 말했다.

"먼저 들어요."

말투는 다정하고 표정은 상냥했으나 어쩐지 오기는 시험에 빠진 기분이었다. 장모는 오기가 내내 자신을 힐끔거린다는 걸 아는 것 같았다. 괜한 의식을 하는 것인지도 몰랐다. 장모는 그저 식욕이 없을 뿐일 수도 있었다. 하지만 오기는 모든 걸 테스트로 여겼다. 지나치게 긴장한 탓이었다.

처음 만나는 장소로 장충동에 있는 호텔을 선택한 것, 오기가 예약을 하려고 전화할 때는 자리가 없었지만 아내의 부모가 전화를 걸자 작은 룸을 얻을 수 있었던 것, 장모가 코스 선택을 미리 다 해둔 것이 마음에 걸렸다.

식사를 마친 후 룸을 나서는데 장모가 걸음을 늦춰 오기에게 다가왔다. 장인이 큼큼거리면서 앞서 걸었다. 아내가 장모와 오기를 번갈아 쳐다보았다. 장모는 눈으로 장인 쪽을 가리키며 오기에게 '수고했다'고 속삭였다. '교장 선생님이 원래 저리 짓궂어요'라고도 했다. 오기는 '아닙니다'라고 손사래를 쳤다.

"어쩜 사람이 이렇게 반듯해요. 돌아가신 부모님이 보시면 자랑스러울 거예요. 분명히 그렇겠죠. 고아라고 해서 자격지심을 가진 건 아닌가 했는데, 괜한 걱정이었어요."

장모가 격려하듯 오기의 손을 두 번 토닥여주고 아내더러 빨리 오라고 이른 후 다시 앞서 걸었다.

오기와 아내는 장모와 장인의 뒷모습을 보며 말없이 복도를 빠져나왔다. 두 사람이 세차가 잘된 검은 세단을 타고 떠난 후 오기는 아내가 손을 잡아주기를 기다렸으나 아내는 때마침 들어서는 택시를 향해 말없이 손을 내밀었다.

시간이 지나고 나서야 그 순간 먼저 손을 내밀어야 하는 것은 아내가 아니라 오기 자신이었을지도 모른다는 생각이 들었다. 오기는 아내에게 위로받고 싶어 했지만 아내는 오기에게 사과하고 싶어 했다. 그러나 아내는 어떤 것도 사과하지 않았다. 무엇을 사과해야 하는지 정확히 알지 못했는지도 모른다.

장모가 한 말이 내내 맴돌았다. 반듯하다는 말, 자격지심이 있을까 걱정했다는 말. 그 말들이 장인이 식사 내내 했던 노골적인 핀잔보다 더 마음을 후벼 팠다. 장모는 간파한 것 같았다. 오기는 가지지 못한 것 때문에 자격지심을 가질 만한 인간이라는 걸, 그다지 반듯하게 자라지 못했다는 걸 말이다. 장인은 그걸 핀잔했고 장모는 세련된 방식으로 상기시켰다.

아내는 부모가 오기를 어떻게 생각한다거나 무슨 말을 남겼다는 식의 얘기를 전혀 하지 않았다. 그날의 식사를 화제에 올리는 걸 불편해했다. 아내의 부모에게 잘 보이고 싶었지만 오기의 뜻대로 되지 않은 것 같았다. 어쩌면 아내는 오기와의 결혼을 두고 부모님과 언쟁을 벌인 것은 아닐까.

며칠 동안 고민하다가 겨우 아내에게 물었다. 아내는 어깨를 으쓱했다. 오기는 오해했다. 부모님이 자신을 좋지 않게 말해서 화제에 올리지 않은 줄 알았는데, 아니었다. 그저 할 얘기가 없었던 것이다. 아내는 부모님과 오기에 관한 어떤 얘기도 나누지 못했다고 했다. 오기가 당황하자 아내가 마지못해 입을 열었다.

"부모님이 다투셨어."

"나 때문에?"

"아니, 엄마가 교장 선생님이라고 한 것 때문에."

아내가 쑥스러운지 살짝 웃었다.

"엄마는 기분이 나쁠 때만 그렇게 불러. 비꼬는 거야. 아버진 교장 선생님이 아니셨거든. 교장은커녕 정년도 못 채우고 일찍 퇴직하셨어."

"왜?"

"재단에 무슨 사건이 있었는데, 그걸 아버지가 책임지셨대."

"무슨 사건이었는데?"

"나야 모르지."

"부모님 일인데 몰라?"

"부모님 일을 잘 알아?"

아내가 정색하며 반문했고 오기는 웃음을 터뜨리는 것으로 상황을 무마했다.

결혼식 날짜를 정하고 나서야 오기는 장인이 사직한 이유를 알았다. 동료 교사와의 연애 문제가 들통나 면직되었다고 했다. 두번째로 부모를 만났을 때 아내가 말해주었다. 장충동 호텔에서 상견례를 치른 후 1년쯤 지나서였다. 냉랭해 보이는 두 분 사이를 설명하려다 보니 자연스럽게 그런 얘기가 나온 것 같았다.

갓 이사한 아내의 집은 마포에 있는 복도식 아파트였다. 거실에 가죽이 닳은 커다란 물소가죽 소파가 놓여 있었다. 그 때문에 일자형으로 길게 늘어선 거실이 무척 좁아 보였다. 맞은편의 벽걸이형 텔레비전이 너무 커서 소파와의 거리가 꽤 가깝게 느껴졌다. 장인은 익숙한 듯 소파에 두 팔을 올리고 앉아 볼륨을 다 줄인 채 골프 채널을 보고 있었다. 알록달록한 원색의 옷을 입고 하체에 힘을 주고 서서 스윙을 하는 사람들이 몹시 우스꽝스러웠는데, 그걸 보는 장인의 표정은 지나치게 엄숙했다.

장모는 바닥에 끌리는 홈드레스를 입고 있었다. 그 차림으로 광택 나는 은색 트레이에 차를 내오는 폼이 비현실적이고 괴이했다. 홍차는 뜨거웠고 오래된 것인지 아무런 향이 느껴지지 않았다. 오기는 후후 불어 끝까지 다 마셨다. 장모가 홈드레스를 끌며 좁은 마루를 왔다 갔다 할 때마다 장인이 티 나게 혀를 찼다.

어찌된 노릇인지 말 많던 장인도 혀만 찰 뿐 입을 다물었다. 아내는 옷을 갈아입는다며 방으로 들어갔고 장모는 장인과 오기 쪽은 쳐다보지도 않고 책을 읽는 시늉을 하고 있었다. 오기는 시선 둘 곳을 찾아 조용히 집 안을 둘러봤다.

영락한 살림살이의 흔적이 여기저기 눈에 띄었다. 크기가 잘 맞지 않는 외국 가전, 아마도 모작일 테지만 흔치 않은 김기창 화백의 붉은 새 그림, 신발장에 들어가지 않는지 현관 한쪽에 쌓아둔 명품 슈즈 박스 같은 것들.

집의 크기에 비해 집 안을 채운 물건들이 너무 커서 그런 느낌이 드는지도 몰랐다. 분리형 서브제로 냉장고의 일부는 부엌에 들어가지 않아 거실에 나와 있었다. 거실을 좁게 만드는 데 기여한 육중한 원목 식탁 위에 오븐이나 커피머신, 포트 같은 가전제품들이 놓여 있었다. 조리할 때의 동선을 고려할 여유 없이 물건을 둘 수 있는 자리면 무조건 올려둔 모양새였다.

유리 거실장 안에 작은 도자기함이 있었다. 오기는 그걸 한참 쳐다보았다. 그도 그럴 것이 냄비와 접시 세트, 찻잔 같은 것이 자리를 차지한 거실장 안에 생활의 흔적이 묻지 않은 것이라곤 그 자기뿐이었다.

장인이 뜻하지 않게 일찍 퇴직하고 무슨 이유에서인지 살림을 줄일 형편이 되면서 돈이 될 만한 물건은 전부 내다 팔고 남은 것은 저것뿐인지도 몰랐다. 특색 없는 모양새와 유난한 푸른빛으로 미루어보건대 비싸지 않은 물건이어서, 어쩌면 너무 싼 것이어서 살림을 줄이는 와중에 살아남았을 터였다.

거실로 나온 아내가 오기를 툭 쳤다. 오기는 그제야 장모가 거실장에 시선을 둔 자신을 빤히 쳐다보는 걸 알았다. 장인 역시 못마땅한 표정으로 오기를 보고 있었다.

"자기 색이 곱습니다."

쑥스러워진 오기가 공연한 말을 했다. 장인이 혀를 차며 소파에 몸을 더 깊이 파묻었다. 장모는 잠자코 있다가 바깥쪽 놀이터에서 아이들이 떠드는 소리가 들려오자 느닷없이 베란다로 나가서 빽 소리를 질렀다.

“야야, 시끄럽다. 저리 멀리 가서 놀아라.”

장인이 다시 혀를 찼다. 노골적으로 장모를 노려보았다. 오기는 놀랐다. 장인의 태도 때문이기도 했지만 장모의 새된 목소리가 영 편치 않았다.

아내가 부모에게 대충 둘러대고는 오기를 데리고 집을 나섰다. 엘리베이터를 타고 내려오면서 아내가 느닷없이 장인의 퇴직 사유를 털어놓았다. 부모의 어색한 행동을 설명하는 데 그만한 것도 없다고 여긴 모양이었다. 그러고는 오기가 뭐라 반응할 새도 없이 웃음을 터뜨렸다.

“그건 그렇고, 자기야, 저거 자기 아니야.”

오기가 어리둥절한 표정을 짓자 아내가 다시 키득거렸다.

“색이 곱긴 뭐가 고와. 자기, 참 보는 눈 없다.”

“그거 가짜야?”

“가짜고 말고가 어딨어. 자기가 아니라니까. 그거 유골함이야.”

“그런 걸 왜 집에 둬?”

“외할머니 유골함이야.”

오기는 놀라지 않으려고 애썼다. 아내가 민망할까 봐 그러했던 것인데, 아내는 오기가 태연한 게 더 이상한 것 같았다.

"알고 있었어?"

"알 리가 없지."

"우리 엄마 말이야. 일본 사람이야."

"응?"

"정확히 말하면 혼혈. 외할머니가 일본분이었어. 중학생 때까지 일본에 사셨는데, 할머니랑 할아버지랑 이혼하면서 할아버지를 따라 한국으로 오신 거야. 할아버지가 한국분이랑 재혼해서 엄마는 새엄마랑 한참 살았어. 다시는 일본 갈 일도 없고 할아버지도 못 가게 했고. 몇 해 전에 어렵게 연락이 닿은 친척이 저걸 가져다줬어. 그런데 그분이 한국에 몇십 년 만에 왜 왔는 줄 알아?"

"유골함 전해주려고.".

오기가 당연하다는 듯 대꾸했다.

"남이섬 오셨대. 욘사마 때문에. 욘사마 덕분에 할머니랑 엄마가 상봉한 거야."

오기와 아내는 한참 웃었다.

"왜 납골당에 모시지 않아?"

"처음엔 당분간만 가지고 있으려던 것 같은데, 저렇게 내내 집에 두게 됐어. 엄마가 어렸을 때 살던 집에 부쓰단이 있었대. 자기도 본 적 있지? 일본식 가정에 있는 불단 말이야. 거기다 불상이나 위패를 모시잖아. 엄마는 어릴 때부터 불단에 유골함이 있는 걸 보고 자라서 집 안에 저런 게 있는 게 하나도 안 이상하신가 봐."

"책에서 본 적 있어. 49일간 부쓰단에 유골을 모신다고 하더라."

"49일뿐이면 좋았겠지만…… 처음엔 징그럽고 무섭더라고. 저기에 할머니 뼛가루가 있다고 생각하니 쳐다보지도 못하겠고."

"지금도 그래?"

"지금은 까먹었지. 가끔 사람들이, 자기가 그런 것처럼 '자기'라고 하면 웃기기도 하고…… 그래도 무서울 때가 있어."

"유골함에서 무슨 소리라도 나?"

"엄마가 유골함에 대고 말할 때가 있어. 유골함을 쓰다듬으면서 뭐라고 작게 말하셔. 할머니한테 얘기하는 것처럼 어린애 같은 목소리로. 그럴 땐 무섭고 징그러워."

비밀이라는 듯 아내가 목소리를 낮췄다.

"뭐라고 말씀하셔?"

"나야 모르지. 일본어로 말하시니까."

"아직도 잘하시나 보네."

"기억나는 말이 있나 봐. 할아버지가 일본어를 못 하게 하셨대. 엄마가 일본어를 쓸 때마다 무척 혼내셨다더라고. 일본 애처럼 보일까 봐 노심초사하신 거지. 엄마 말로는 중학생 때까지 일본어를 쓰다보니 한국 발음이 이상해져서 말수가 줄었대. 애들이 놀리고 사람들이 이상하게 쳐다봤나 봐."

아내가 가족 얘기를 하는 건 거의 처음이었다. 대단치 않다고 생각해서 얘기하지 않았던 것일 수도 있지만 오기에게는 무척 흥미로웠다. 수수께끼를 푼 기분이었다. 특히 장모를 아는 데 도움이 되었다. 오기가 가지고 있던 일본 사람의 이미지를, 단아하고 고상하지만 속을 잘 알 수 없는 장모에게 덧씌우면 저절로 이해되는 구석이 있었다. 좋지 않은 방법이었으나 이후로도 종종 아내의 식구들이 남 같은 기분이 들 때면 오기는 자신이 외국인을 상대하고 있다고 생각해버렸다.

6

정원은 엉망이었다. 8개월 만에 저리 망가질 수 있을까 싶을 정도였다. 식물들은 죽거나 시든 채로 여전히 땅에 뿌리를 박고 서 있었다. 똑바로 서서 죽어 있는 식물들이 무서웠다. 중개인의 소개로 처음 집을 방문했을 때의 정원처럼 보였다. 치매에 걸린 노파와 기력 쇠한 노인이 그늘 아래서 오기 부부를 지켜보던 때의 정원처럼.

아내가 돌보던 정원은 이제 없었다. 그때 무슨 꽃이 피어 있었는지 잘 기억나지 않았다. 오기가 무관심한 탓도 있지만 그보다는 낱낱의 식물이 눈에 띄지 않게 조화롭고 자연스러운 방식으로 자리하고 있어서였다.

지나가다가 낮은 철책 너머로 눈길을 준 사람들은 대개 멈춰 서서 정원을 둘러보았다. 잠시 보고 가도 됩니까? 양해를 구하기도 했다. 아내와 오기는 흔쾌히 승낙했다. 아내는 자랑하고 싶어 했고 오기는 자랑스러워했다. 인근 집들이 손이 많이 가는 정원을 없애고 현대식 본채만 남겨놓거나 작은 규모의 정원에 비슷한 크기의 소나무나 관목을 배치한 것에 비하면 오기네 정원은 확실히 달랐다.

정원을 그리 만들기까지 아내는 몇 년이나 공을 들였다.

첫해는 실패였다. 옆집과 비슷한 종수의 관목을 들였으나 두 계절이 지나지 않아 죽어나가기 일쑤였다. 다음 해에도 그다지 만족스럽지 않았다. 세 해째가 되자 제법 모양이 갖춰졌다. 그게 재작년이었다.

아내가 왜 정원 가꾸는 일에 그토록 열심이었는지 오기는 정확히 알 수 없었다. 언제부터인지는 알고 있었다. 아내가 이전까지 정원을 사용하던 방식을 바꾼 시점 말이다.

그들은 파라솔을 두고 바비큐를 해 먹는 정도로만 정원을 사용했다. 커다란 테이블을 중앙에 놓고 그릴 두 개를 나란히 두었다. 질 좋은 등심이나 채끝살, 소시지와 감자, 버섯 같은 것을 구웠다. 사람들을 불러 단출한 파티도 종종 열었다. 아내의 식구와 오기의 동창이 다녀갔다. 오기의 학교 동료도 다녀갔다.

학교 동료들이 다녀간 후, 아내는 정원의 용도를 바꾸었다. 테이블을 팔아치우고 바비큐 그릴 등속을 창고에 쑤셔 넣었다. 그러고 나서 흙을 뒤엎기 시작했다. 눈에 띄는 일이었는데도 오기는 며칠이 지나고 나서야 정원에 대한 아내의 결심을 알아차렸다.

그 무렵 오기는 무척 바빴다. 학과 일 외에 경력을 쌓을 만한 다른 일에 흥미를 느끼며 매진하고 있었다. 재단의

지원을 받는 연구 사업팀을 꾸렸다. 소속된 학회도 여럿이었고 외부 기관의 자문을 마다하지 않았다. 전해에 출간한 책이 몇 군데 단체에서 추천 도서로 선정되면서 종종 강연 요청이 들어왔다. 처음에는 신기해서, 나중에는 준비한 내용을 반복하면 되었기 때문에 수락했다. 대구나 군산, 부산으로 강연을 갈 때도 있었다.

오기는 매번 자신의 전공을 소개할 때 애를 먹었다. 그가 지리학과라고 해도 사람들은 쉽게 역사학으로 이해했다. 처음에 오기는 지리학은 세계를 그리는 과학이고, 역사는 세계에 대해 쓰는 문학의 일종이라고 구태여 설명했으나 나중에는 그럴 필요를 느끼지 않았다. 전공자들은 어차피 잘 알았고 비전공자들은 관심이 없었다.

지리학과라면 부동산에 박식할 테니 땅깨나 사뒀겠다는 일반의 오해 속에서 오기는 그럴 줄 알고 타운하우스를 샀다고 제법 너스레도 떨게 되었다.

논문 주제로 지도학을 선택한 것은 당시의 지도교수 때문이었다. 이제는 퇴직해서 저서 집필에 몰두하고 있는 교수는 이 작은 나라에서 지형학에 인생을 거는 건 무의미하다며 오기에게 지도학으로 논문 주제를 바꾸기를 권했다. 오기는 그 말을 따랐다. 이전 지도교수가 퇴임할 때까지 논문을 완성하지 못하는 바람에 지도교수를 바꿔야 해서 내린 결정이었다.

이전 지도교수는 오기에게 화를 냈다. 지도학에 대한 이해는 비교적 최근의 일이어서 전공으로 삼기에 위험하다고 충고했다. 지도학으로 명망 있는 연구가들이 대개 유럽이나 미국에 있는 만큼 유학을 가지 않는다면 의미가 없다고도 했다. 지도 연구와 지도 제작에 관한 연구는 초기 단계이기 때문에 이 분야를 연구하는 학자들의 미래는 그들이 해석하려는 지도보다 더 불투명하다는 믿음직한 충고도 해주었다. 오기는 그 얘기들을 귀담아 들었지만 논문 주제를 바꾸지 않았다.

오기의 선택을 두고 선배들은 자주 비아냥거렸다. 대뜸 그런 것은 아니었다. 처음에는 석연찮은 칭찬을 이어갔다. 차츰 오기가 약삭빠르다고 했다. 한 선배는 오기에게 성공을 위해서 '처자식도 버릴 놈'이라고 했다. 오기에게는 선구안이 있어. 오기처럼 해야 해. 우린 뭐냐. 융통성도 없고. 자신을 탓하는 투로 오기에 대한 비난을 계속했다. 처음엔 논문 때문에 끙끙대는 줄 알았지. 일부러 시간을 끈 줄 누가 상상이나 했겠어. 나중에는 노골적으로 말했다. 이 새끼 되게 전략적이야. 줄을 잘 서. 꼭 이런 새끼들이 성공해.

오해라는 걸 증명하려고 오기는 도법을 연구하고 오래된 장방형 지도를 들여다보는 일에 시간을 썼다. 고대 바빌로니아 지도로부터 시작해 최근 것까지 자주 지도를 들여다보았다. 그럴수록 막막해졌다. 아무리 애써도 끝내 정확할 수 없다는 것. 지도를 연구하면서 오기가 깨달은 것은 그것이었다. 지도로 삶의 궤적을 살피는 일은 불가능했다. 지도 없이는 세계를 이해할 수 없지만, 지도만으로 세계를 표현할 수 없다는 것에 회의가 들었다.

의미가 있기는 했다. 정확히 살필 수도 없고 선이 보이지도 않는 궤적을 누군가는 구태여 실체가 있는 공간으로 바꾸려고 애썼다는 점이었다. 때로는 바로 그 이유로 시시해졌다. 정확히 알 수 없고 하나로 분명하게 해석될 수 없으며 온갖 정치적 의도와 편의에 따라 해석이 달라지는 세계라면 지금 이 세계와 별반 다르지 않아서였다. 그래도 지도는 실패를 통해 나아졌다. 그 점에서는 삶보다 훨씬 나았다. 삶은 실패가 쌓일 뿐, 실패를 통해 나아지지는 않으니까.

오기는 전공 활용 방안을 궁리했다. 구글 어스와 온갖 포털 사이트에서 제공하는 지도 서비스, 지도 애플리케이

션의 확산에 주목했다. 웹 지도의 함의를 탐구했고 그 내용으로 칼럼을 쓰고 강연했다. 고지도는 오기에게 아무런 이득을 주지 않았지만 구글 어스와 결합하자 외부 활동의 길을 열어주었다.

강연에서 오기는 미국의 지리학자인 월도 토블러의 말을 인용했다. '지리학의 제1법칙은 모든 것은 다른 것과 연결되어 있지만, 가까운 것은 먼 것보다 더 긴밀하게 연결되어 있다는 것이다.' 오기는 월도 토블러의 의도와 상관없이 이 말을 끌어들여 그러니 식구들에게 잘하고 아내와 남편에게 성실하라고 농담했다. 강연 마지막에는 냉소적으로 단언했다. '지도는 세계를 실제 모습대로 보여주지 않을 게 분명하다. 불가능하기 때문이다. 한마디로 정확한 세계지도는 없다. 앞으로도 없을 것이다.'

첫 강연 후 오기는 단순하고 뻔한 내용을 확신에 찬 웅변조로 늘어놓았다는 자괴에 시달렸지만, 얼마 후 청중들은 그런 말투에 신뢰를 느낀다는 걸 깨달았다.

동료들이 오기가 외부 활동과 강연에 집중하는 걸 못마땅하게 여길 때면 오기는 변명 삼아 사십대 중반을 넘어서는 제 나이를 의식했다.

사십대를 생각하면 가장 먼저 떠오르는 것은 어머니였

다. 마흔은 어머니가 스스로 목숨을 끊은 나이였다. 아버지가 회사에서 자리를 잡고 개인 사업을 궁리하며 바깥으로 나돈 것도 그 무렵이었다. 말하자면 사십대는 세상에 적응하거나 완벽하게 실패하는 분기점이 되는 시기였다. 오기는 물론 세상에 적응하고 싶었다.

자괴를 이겨내기 위해 언젠가 아내가 읽어준 허연의 시를 종종 떠올렸다. 사십대란 모든 죄가 잘 어울리는 나이라는 구절이 담긴 시였다. 그 구절을 생각하면 다소 마음이 놓였다. 저만 그런 게 아니라 대체로 그럴 시기라는 것에 안도했다.

얼마 전 오기는 다시 그 시를 찾아보았다. 사십대 사내들의 속물근성에 대한 칼럼을 쓰려는데, 앞부분에 그 시를 인용하고 싶었다. 아내의 서가에서 허연의 시집을 전부 꺼내 목차를 살폈다. '사십대'라거나 '마흔'이라는 제목이 붙은 시는 없었다.

저자를 착각한 것은 아니었다. 아내와 함께 그 시를 읽고 얘기를 나눈 게 생생했다. '삼십은 최승자, 사십은 허연'이라는 말이었다. 삼십대의 막막함을 읊은 게 최승자 시인이라면, 타락한 사십대를 포착한 건 허연 시인이라는 것이었다. 오십은 누굴까. 아내가 물었고 딱히 생각나지 않아 둘은 이런저런 시인의 이름을 주고받다가, 오십은 천명을 아는 나이인데 시가 무슨 소용이냐고 농담했다.

오기는 허연의 시집을 전부 읽어나갔고, 결국 그 시를 찾았다. 그 시에는 제목은 물론이고 본문에도 사십대라는 말이 한 번도 나오지 않았다. 시인의 나이로 미루어 대략 그 정도의 나이대를 말하는 것이려니 짐작할 수 있을 뿐이었다. 오기는 당황했다. 처음 그 시를 듣자마자 당연히 사십대에 관한 시라고 생각한 것이다.

오기가 생각하기에 죄와 잘 어울린다는 것만큼 사십대를 제대로 정의 내리는 것은 없었다. 사십대야말로 죄를 지을 조건을 갖추는 시기였다. 그 조건이란 두 가지였다. 너무 많이 가졌거나 가진 게 아예 없거나. 즉 사십대는 권력이나 박탈감, 분노 때문에 쉽게 죄를 지었다. 권력을 가진 자는 오만해서 손쉽게 악행을 저지른다. 분노나 박탈감은 곧잘 자존감을 건드리고 비굴함을 느끼게 하고 참을성을 빼앗고 자신의 행동을 쉽게 정의감으로 포장하게 만든다. 힘을 악용하는 경우라면 속물일 테고 분노 때문이라면 잉여일 것이다. 그러므로 사십대는 이전까지의 삶의 결과를 보여주는 시기였다. 또한 이후의 삶을 가늠할 수 있는 시기이기도 했다. 영영 속물로 살지, 잉여로 남을지.

굳이 둘뿐이라면 오기는 전자에 가까웠다. 의식하거나 의식하지 못하는 사이 점점 많은 것을 가지게 되었고, 더 많은 것을 갖고 싶어 노골적으로 술수를 부렸고, 그에 대해 부끄러움을 느끼지 못했다. 종종 이 삶이 너무 안온해서 어느 것도 바꾸고 싶지 않을 때도 있었다. 수중의 것은 하나도 잃고 싶지 않았다. 뭔가를 성취하려고만 드는 아버지를 비난했지만 자신 역시 이미 비슷한 가치로 살아가고 있었다.

오기는 종종 주먹을 꽉 쥐었다. 한참 동안 힘을 주었는데도 미처 의식 못 할 때도 있었다. 그러고 나면 손바닥이 빨개지도록 힘이 들어간 손을 여러 번 쥐었다 폈다. 그렇게 힘을 주면서까지 움켜쥐고 있던 게 무엇이었을까. 길게 생각할 것도 없이 여러 가지가 한꺼번에 떠올랐다.

오기는 한 번도 그렇게 생각한 적이 없지만, 아내가 스스로를 실패했다고 여길까 봐 걱정했다. 아내는 하려던 일에서 지속적으로 좌절했고, 스스로의 재능에 성취감을 느낀 경험이 별로 없었다. 그렇더라도 인생을 즐거운 것으로 여긴다면 좋은 일이지만, 아내는 어느 순간 달라졌다. 친구도 만나지 않았다. 뭔가를 배우러 다니지도 않았고 누구처럼 되고 싶다는 말도 꺼내지 않았다. 지갑에 사진을 넣어가지고 다니거나 뭔가를 쓰고 싶다고 말하는 일도 없었다. 예전처럼 책도 많이 읽지 않았고 간혹 『킨포크』나 가드닝 잡지만 들여다보았다. 종종 거실에 나와 있을 때 아내는 여기가 어디지 하는 눈빛으로 집과 정원을 둘러보았다. 그 눈빛을 떠올려보면 삶의 허기를 메울 심산으로 식물에 빠져든 것은 아닌가 싶어졌다.

아예 다른 이유일 수도 있었다. 오기에게서 정원을 빼앗기 위해서인지도. 아내가 정원을 가꾸기 시작한 시점을 생각해보면 그럴 수도 있었다.

아내는 오기가 정원에서 동료들과 밤 늦도록 술을 마시며 떠들고 많이 웃고 다음번 모임을 기약하고 헤어진 이후 정원을 자신만의 것으로 바꾸어버렸다.

동료들은 모두 얼마간 시차를 두고 대학원에서 함께 공부했다. 학과 교수인 엠 선배가 왔고, 오기와 함께 대학원 생활을 한 케이, 제이가 왔다. 제자인 에스도 있었다. 선배인 케이는 오기가 임용될 때 함께 면접을 보았다. 오기가 붙고 케이는 떨어졌다. 제이는 함께 연구 사업을 꾸린 후배였다. 에스는 오기가 임용된 후 첫번째 조교였다.

한때 오기와 그들은 같은 막막함을 느끼고 비슷한 호기심을 품었다. 대학원에 진학한 선택을 후회하고 기분 좋게 체념하며 자주 술에 취했다. 희망이 없어서 우정이 번성하던 시기였다. 그래서 모두 친구가 될 수 있었다. 이제는 아니었다. 막역한 순간은 지나갔다. 그럼에도 오기는 여전히 그들과 잘 지냈다.

아내는 오래전부터 그들을 보아왔다. 함께 있을 때면 어색하지 않게 제법 잘 어울렸다. 그날의 파티를 지휘한 것도 아내였다. 아내는 파라솔 아래 놓인 커다란 티크 테이블에 앉아 그들과 편하게 얘기를 나누었고 고기를 굽고 있는 오기를 곧잘 도왔고 식탁에 빈 그릇이 생기면 재빨리 부엌에 들어가서 다른 음식을 채워 왔다.

오기는 무엇보다 굳이 이 집으로 불러 모은 게 자랑처럼 보이지 않도록 신경을 썼다. 그러느라 은행 빚이 얼마나 되는지, 매달 이자가 얼마인지 떠벌렸고, 곧 후회했다.

이른 시각이었는데 제이가 취해서 꾸벅꾸벅 졸았다. 엠과 케이의 얘기가 끝날 기미가 없어 오기는 제이를 부축해 거실로 데려갔다. 제이를 소파에 눕혀두고 냉장고에서 와인을 꺼내 왔다. 며칠 전 백화점에서 엠의 취향에 맞춰 탄닌 향이 많이 나는 프랑스산 와인을 무리해서 여러 병 구입했다.

그 외에 술에 취한 사람은 없었다. 아내도 그렇고 다른 사람들도 마찬가지였다. 천천히 와인을 마시며 논쟁 없이, 큰 웃음 없이, 특별한 화제 없이 조곤조곤 이야기를 나누는 시간이 이어졌다. 만족스러운 모임이었고, 제대로 된 파티였다.

아내는 그렇게 생각하지 않았다. 다음 날 아내는 분개하며 사소한 일로 오기에게 대들었다. 오기는 달랬다. 아내가 생각하는 일은 결코 일어나지 않았다고 말했다.

아내는 그럴 때가 있었다. 꼬투리를 잡아 뭐든 최악의 일을 상상하고, 그 일이 실제로 일어날 확률을 과장했다. 그럴 때의 아내는 몹시 날카롭고 신경질적이었다. 자신의 생각만 믿었고 그것을 진실로 확신했다. 오기의 말을 모두 부인했고 오기가 거짓말을 한다고 다그쳤고 자백할 때까지 몰아붙일 기세였다. 그렇게 한바탕 화를 내고 나서는 얼마 지나지 않아 사과했다. 생각을 과장하는 버릇을 탓했고 되도록 좋은 생각만 하겠다고 약속했다.

오기는 괜찮았다. 안타깝기는 했지만 화가 나지는 않았다. 아내가 언제나 그런 생각을 하는 건 아니었다.

아내는 정원의 흙을 뒤엎었다. 자기가 딛고 선 땅을 죄다 갈아엎을 태세였다. 죽은 식물의 뿌리를 거둬내고 대강 땅을 일구는 것으로는 만족하지 못했다. 간단한 경운 작업을 끝낸 후에 종묘상에 가서 모종을 사다 심었다. 이내 모두 죽었다.

그러자 좀더 본격적으로 나섰다. 가드닝 책을 사들였고, 읽었고, 하루 종일 마당에 나가 있었고 전문가의 책을 참고해 정원 지도를 여러 장 만들었다. 오기가 출근할 때면 아내는 해가 비치거나 그렇지 않거나 상관없이 챙이 넓고 얼굴을 반 넘게 가리는 작업용 모자를 쓰고, 탄탄한 가드닝 장갑을 끼고, 목에 수건을 두르고, 팔에는 자외선 차단을 위한 검정색 토시를 하고 장화를 신고 흙을 골랐다. 퇴근해 돌아올 때에도 여지없이 그 차림 그대로, 아침보다 흙이 묻어 지저분한 차림으로 정원에 앉아 있었다. 종묘상에 다녀오거나 양재동 화원에 다녀오는 게 외출의 전부였다. 모종삽과 호미 외에 레이크와 괭이, 고지가위와 지주목, 녹화마대 같은 것을 사들였고 매번 오기에게 쓸모를 설명했다.

오기는 가드닝 전문가에게 맡기자고 했다. 아내는 그럴 생각이 없었다. 오기는 방관했다. 아내가 마당을 덮을 흙을 산다고 했을 때에야 고개를 저었다.

"우린 집을 샀어. 화원을 산 게 아니야."

못마땅하다는 걸 아내가 알아주었으면 했다.

"지렁이가 없어."

아내가 대꾸했다.

"지렁이?"

"여긴 모두 죽은 흙이야. 지렁이도 없는 흙이라니. 지렁이가 있어야 해. 그래야 뭐든 자랄 수 있어. 게다가 우리 집 흙에서는……"

거기까지 말하고 아내가 크크거리며 웃었다. 오기는 이어지는 얘기가 하나도 웃기지 않을 것이라 추측했고 그 생각이 맞았다.

"암모니아 냄새가 나. 노인들이 여기에다 오줌을 싼 것 같아."

오기는 인상을 찌푸렸다. 아내가 열중하는 일이라면 그게 무엇이든 응원하고 싶었다. 재능은 있지만 계속해서 헛된 시도를 하고, 어떤 성취감도 얻지 못한 채 비아냥과 조롱만 늘어가는 아내가 애틋했다. 오기가 지난 시간을 제 영역을 확장하는 데 보냈다면 아내는 시간을 보낼수록 홀로 남겨졌다. 확실히 젊은 시절의 아내를 생각하면 지금의 모습은 안타까울 정도였다.

그렇기는 해도 마당에 쪼그리고 앉아서 계속 흙을 파대고 있던 것이 암모니아 냄새를 확인하기 위해서거나 지렁이를 찾으려던 것이었다고 생각하면 기분이 별로였다. 물론 흙이 건강한지 아닌지 알아보려는 의도였으나, 흙에 지렁이가 없다고 말할 때의 아내의 기이한 표정, 노인들이 오줌을 누는 걸 상상하며 실실 웃는 아내를 생각하면 어쩐지 어렵게 마련한 집마저 징그럽게 여겨졌다.

아내는 기어이 흙을 사 왔고 땅을 모두 갈아엎었다. 겉흙과 속흙을 섞어 흙에 공기가 통하게 했다. 한 삽 깊이만큼 파서 바로 전에 파놓은 자리를 채웠다.

현관을 중심으로 오른쪽에 관목과 장과류를, 왼쪽에 꽃과 허브 등 손질이 자주 필요한 작물을 심었다. 가장 안쪽에 밭두둑을 만들어 먹거리를 일부 심었다. 본채 건물 양쪽에 나무를 심었다. 현관 옆에는 백일홍을, 본채 오른쪽에는 본래 정원에 있던 백목련 두 그루를 옮겨 심고 왼편에 녹나무를 심었다.

대문에서 현관에 이르는 포석 좌우로 다년생 구근 식물을 심었다. 크로커스나 아네모네, 칼라디움과 달리아, 라눙쿨루스 같은 것들이었다. 오기는 그것들을 전부 '꽃'이라 불렀고 구별하지 못했다. 아내는 작은 표찰을 붙여두었다. 어떤 때는 표찰이 보이지 않게 가린 후 오기에게 이름을 묻기도 했다. 오기는 제 대답이 아내를 기쁘게 하리라는 걸 알면서도 퉁명스럽게 대꾸했다. "왜 이걸 못 외우지?" 아내가 진심으로 궁금한 듯 되물었다. 그럴 때마다 오기는 속으로 반문했다. 이걸 왜 외우지. 사실 오기는 아무리 해도 맥문동과 라벤더를 구별할 자신이 없었다. 아네모네와 크로커스같이 꽃잎의 색깔이나 크기가 비슷한 것들도 구분하기 어려웠다. 아내가 크로커스는 수술이 노랗고 아네모네는 잎보다 진한 보라색이라고 말해주어도 마찬가지였다.

오기는 아내가 꽃말이라도 말해주려고 하면 특히 질색했다. 꽃말이라고 해봤자 신문에 난 오늘의 운세처럼 아무런 의미도 없는 것이다. 그래도 아내는 지치지 않고 얘기했다. 아네모네의 꽃말이 사라져가는 욕망과 덧없는 사랑이라는 식의 얘기들. 오기는 건성으로 고개를 끄덕였으나 아내가 참을 수 없이 유치해져간다는 생각을 지우지 못했다.

첫해 정원은 실패였다. 아내는 예상한 듯 실망하지 않았다. 몇 해가 지나야 제대로 될 것이라고 했고, 매번 정원 지도를 수정해서 책상 앞에 붙여두었다. 언젠가는 영국식 정원처럼 꾸밀 거라고 했다. 영국식 정원이라니. 색채가 화려하고 불규칙한 수형으로 조화를 이뤄내는 그 정원 말인가.

오기가 서재에 있을 때면 아내는 영국산 홍차를 내다 주었다. 그때 아내의 손을 본 적 있었다. 여기저기 가위에 베인 자국이 선명했다. 손톱에 틈새마다 흙이 끼어 있었다. 장갑을 끼면 식물을 만질 때 손끝이 무뎌져 가급적 맨손으로 하게 된다고 했다. 그런 손으로 쌀을 씻어 밥을 하고 아욱된장국이나 두부찌개를 끓여준다고 생각하면 밥맛이 떨어졌다.

가드닝에 대한 집착을 이해할 수 없을 때면 오래전 아내가 기자가 되고 싶다면서 오리아나 팔라치 사진을 가지고 다니던 것을 떠올려 이해했다. 지금의 아내는 타샤 튜더 같은 노인이 되고 싶은 것인지도 몰랐다. 가드닝 책을 쓰고 싶어 할 수도 있었다. 이제까지와 마찬가지로 그 책은 결코 씌어지지 않을 것이다. 오기가 생각하기에 아내의 불행은 그것이었다. 늘 누군가처럼 되고 싶어 한다는 것. 언제나 그것을 중도에 포기해버린다는 것.

주말이면 오기도 마지못해 정원 일을 도왔다. 아내는 즐거워하며 이런저런 일을 시켰다. 오기는 줄기에 긁혀 팔뚝이 빨갛게 달아오르는 일에 금세 지쳤다. 하기 싫어서 일부러 못하는 거냐는 핀잔도 들었다. 그래도 아내와 나란히 쪼그리고 앉아 있다가 낮은 철책 너머로 지나가는 이웃들과 인사를 나누는 게 좋았다. 이런 식의 단란함은 꿈꾸어 본 적 없지만, 그가 상상해온 모습 중 하나임에는 틀림없었다. 창가의 제라늄이나 커다란 황토색 화분에 심긴 허브 같은 것들은 분명 그 풍경 속에 있었다.

"정원을 가꾸는 건 전문가한테 맡기고 당신은 다른 일을 해보는 건 어때?"

어느 날 오기가 물었다. 아내가 오기를 빤히 쳐다보다가 표정을 바꾸지 않고 조용히 되물었다.

"다른 일?"

"이런 거 말고 당신이 성장할 만한 일 말이야."

"나는 이미 성장기가 지났어. 식물이야 계속 자라지만 사람은 아니야. 어느 나이가 지나면 더 자라지 않아."

"그런 성장을 말하는 게 아니잖아. 당신이 하고 싶은 걸 잘 찾아서……"

아내가 오기의 말을 잘랐다.

"계속 성장하는 게 있기는 있어."

"그게 뭔데?"

"암. 암은 성장기가 다 지난 사람한테서 자라잖아."

아내가 키득거렸다.

"당신이 정말 하고 싶은 걸 해보라는 뜻이잖아."

"내가 지금 정말 하고 싶은 게 이거야."

오기는 실수했다는 것을 알아차렸다. 성장을 하라거나 자기 자신이 되라는 충고만큼 어리석은 게 없는데, 오기가 바로 그 잘못을 저질렀다. 오기가 얼마나 서툰 인간인지 가장 잘 알고 있는 아내에게 말이다.

오기는 아내를 내버려두기로 했다. 정원에 무엇을 하든 상관없었다. 얼마든지 돈을 써도 양해할 수 있었다. 아내는 그럴 자격이 있었고 오기에게는 여유가 있었다. 아내의 삶과 취향, 선택 같은 것을 존중할 작정이었다. 사실 상관하고 싶지 않아서 내린 결정이었다. 그래도 한 가지는 당부했다. 덩굴식물로 담벼락을 뒤덮지 말라는 것.

식물이나 나무에 특별한 애정은 없어도 나무들이 중력을 거슬러 꼿꼿이 자라는 게 경이로울 때가 있었다. 하지만 덩굴식물에게는 그런 마음이 들지 않았다. 울타리나 기둥을 감으며, 그런 게 없다면 감을 수 있는 무언가를 찾을 때까지 계속해서 빙빙 돌며 자라다가 물체와 닿는 순간 그것을 휘휘 감고 올라가는 덩굴식물은 징그러웠다. 줄기에 빨판이 있고, 담이나 벽을 타고 기어오르며 벽면 전체를 덮을 정도로 강한 흡착력을 지닌 게 무서웠다. 어딘가에 뿌리를 내릴 듯 달라붙어서 기어이 파고들어 몸통을 불리는 게 지독해 보였다.

아내는 여러 차례 오기에게 설명했다. 덩굴식물의 호르몬이 물체에 닿은 부분과 반대편으로 이동하기 때문에 줄기가 안쪽으로 감고 올라가는 것이지, 강하거나 독해서가 아니라고 했다. 그저 생장 방식이라는 의미였다. 납득할 만한 설명이었으나 그래도 오기는 지독한 그 본성이 징그러웠다.

사고가 나기 얼마 전에야 집 뒤쪽 벽에서 뭔가가 스멀스멀 올라가며 자라고 있는 것을 발견했다. 그쪽으로 통 가볼 일이 없었는데, 그날따라 정원에 있다가 마침 걸려온 전화를 받으러 어슬렁거리며 그리로 갔다.

통화 중이었기 때문에 덩굴식물을 발견한 순간 제대로 탄식을 내뱉지 못했다. 커다란 덩굴손들이 오기의 집 뒤쪽 벽면을 거의 잠식하고 있었다. 아내는 그간 오기 눈에 띄지 않게 이것들을 울창하게 키워왔다. 창틀로부터 다소 거리를 둔 지점에 지주대를 세워둬서 벽을 타고 기어 올라가는 줄기가 본채 정면 쪽에서는 보이지 않은 것 같았다. 빼어난 생장력을 생각하면 정면으로도 뻗어 나왔을 테지만 손 빠른 아내가 매번 잘라낸 모양이었다. 오기는 무척 기분이 상했고 아내를 심하게 몰아부쳤다.

아내가 돌볼 수 없게 된 후 정원의 나무와 풀과 꽃은 죽어갔지만 집 뒤쪽의 덩굴식물은 더욱 무성해지고 흡착력이 강해져서 정면 쪽 벽을 향해 무서운 기세로 뻗어오고 있었다. 오기의 방 창문으로도 바람이 불 때면 담쟁이의 커다란 잎이 흔들리는 게 다 보였다. 오기는 그 푸른 잎을 불안하게 올려다봤다. 얼마 후에는 오기의 창을 잠식해 시야를 막아버릴 것만 같았다.

7

거실에서 들려오는 소리에 잠이 깼다. 여러 사람이 웅얼거리듯 작게 노래하는 소리였다. 무슨 일인가 싶어 오기는 간병인을 불렀다. 호루라기를 길게 두 번 불었다.

"이제 일어났나?"

방으로 들어온 것은 장모였다. 목소리가 크고 명랑했다. 늘 작게 말하고 오기 곁에 혼자 있을 때면 무슨 소리인가 알아들을 수 없게 중얼거리던 것과 딴판이었다.

장모가 입을 오물거리며 뭔가 말하면 오기는 자기에게 얘기하는 줄 알고 쳐다봤다. 여러 번 장모와 눈을 맞추는 식으로 지금 무슨 말을 한 건지 되물었다. 장모는 거기에 한 번도 대꾸하지 않았다. 혼잣말하는 걸 멋쩍어하지도 않았다. 그러던 것에 비하면 오늘처럼 목청 좋고 활달해 보이는 게 나았다.

장모는 들떠 있었다. 오기가 처음 보는 모습이었다. 아직 보지 못한 장모의 모습이 훨씬 많을 것이고 앞으로도 계속 그런 모습을 보게 되리라는 생각이 이제야 들었다.

"이보게, 누가 오셨는 줄 아나."

오기는 잠자코 있었다.

"놀라지 말게."

죽은 아내가 살아서 돌아오는 것 말고 오기가 놀랄 일은 없었다.

장모가 문을 열자 일군의 사람들이 방으로 들어와 오기가 누워 있는 침대를 에워쌌다. 이른 아침인데도 장례식에 가는 것처럼 검은색 정장 차림이었고 손에는 가죽 커버로 된 성경책을 들고 있었다. 모두들 웃는 얼굴로 오기에게 인사했다. 안색이 좋으시다거나 눈빛이 맑다는 식이었다. 오기를 보면 인상을 찌푸리거나 불쌍하다는 표정을 짓는 게 당연한데, 이 사람들은 너무 활짝 웃었다. 오기는 도움을 청하듯 장모를 쳐다봤다.

"목사님이 와주셨네. 자넬 위해 기도하러 오신 거야. 이 분들이 어디에서 오신 줄 알면 자네가 깜짝 놀라서 벌떡 일어날 텐데."

장모의 호들갑스러운 말에 검은 옷을 입은 사람들이 대단한 농담을 들은 양 크게 웃었다.

"놀라서 일어나시면 안 되죠. 은혜 받아 일어나셔야지요."

그중 한 사람이 말했다. 키가 작고 시종일관 부자연스러울 정도로 환하게 웃는 남자였다. 장모는 그가 목사라고 했다.

목사가 감각이 돌아오지 않은 오기의 오른손을 잡았다. 처음에 왼손을 잡았다가 장모가 그 손이 아니라고 하자 허둥지둥 바꿔 잡았다. 그걸 신호로 병풍처럼 오기를 둘러싸고 둥글게 모여 선 사람들이 서로 손을 맞잡았다. 장모도 그들에게 양쪽 손을 모두 내주었다.

목사가 눈을 감고 기도를 시작했다. 이상했다. 처음 보는 목사였는데, 오랫동안 오기를 봐온 사람처럼 길게 기도했다. 목사는 오기가 그간 성실하고 바르게 연구와 교육에 매진해왔다고 했다. 오기만큼 가정적이고 다정하고 모범이 되는 주의 자녀는 없다고 했다. 그런 오기에게 일어난 불행이야말로 가장 큰 시험이라고 했다. 오기가 강건히 이 고난을 이겨내기를, 다시 교단으로 돌아가 훌륭한 제자를 키우고 위대한 학문을 연구해 국가 발전과 영성에 이바지 해주기를, 그리하여 이 작지만 소중한 국가를 주님이 쓰시기를 소망한다고 했다.

오기는 참지 못하고 눈을 떴다. 모두들 뭐라고 중얼거리거나 고개를 주억거리며 국가 발전을 기원하는 석연찮은 기도에 동참하고 있었다. 신도들은 기도를 하며 자주 '아버지' 하는 탄식을 내뱉었는데, 오기는 저들이 찾는 아버지가 제 아버지가 아닌 줄 알면서도 언짢아졌다. 아버지가 있었다면 오기에게 사내자식이 잘난 척하더니 꼴 좋다고 비웃었을 것이다. 목사의 기도는 더 이어졌고 오기는 그만하라는 의미로 노골적으로 큼큼 소리를 냈다. 목사는 아랑곳없이 제가 원하는 만큼 기도했다.

목사가 아멘 하는 소리로 기도를 마치자 둥글게 서 있던 사람들이 따라서 아멘을 제창하고 눈을 떴다. 오기도 아멘 하고 입 모양으로 말했다. 오기 역시 기도를 하긴 했다. 그들이 어서 빨리 나가주기를. 오기의 간단한 소망은 이루어지지 않았다. 그들은 다시 손을 잡았고 이번에는 그 손을 앞뒤로 흔들며 노래했다. 오기가 들어본 적 없는 찬송가였다.

장모도 그들과 함께 노래했다. 오기는 당황했다. 장모가 종교에 이토록 열성적인 것이 최근의 일인지 오래전부터였는지 알 수 없었다. 몇 해 전 장인이 갑자기 세상을 뜨면서 그리된 것일 수도 있었다. 아내는 장인이 죽고 나서 부쩍 애착이 심해진 장모를 어떤 때는 힘들어했고 어떤 때는 외면했다. 장모와 통화할 때면 아내는 그러지 좀 마세요, 하고 말리는 소리를 하거나 싫다고 거절하는 소리를 자주 했다. 하도 계속 전화를 하는 통에 일부러 장모의 전화를 받지 않을 때도 있었다. 아내는 어째서 그간 장모에 관해 더 많은 것을 이야기해주지 않은 걸까.

찬송은 4절까지 계속되었고 오기는 눈을 감았다. 아내가 그리웠다. 말할 수 없이 그리웠다. 이 모든 상황을 마무리할 수 있는 사람은 아내뿐이었다. 그러나 아내는 올 수 없었다.

찬송이 끝나고 나서야 그들은 잡은 손을 풀었다. 검은 옷 때문인지 추모 예배를 드리는 사람들처럼 보였다. 실제로 그런지도 몰랐다. 이른 아침부터 모여든 것은 오기 때문이 아니라 죽은 아내를 위해서였을 수도 있다. 오기가 깨어났을 때 들려오던 찬송가는 아내를 기리려는 것이었을 터였다.

목사가 성경책을 펼쳐 간단히 봉독했다. 모두 고개를 주억거리거나 눈을 감고 그 말씀을 들었다. 그러고 나서는 다시 손을 잡고 앞뒤로 흔들며 찬송을 불렀다. 찬송 후에 목사가 오기의 손을 잡고 짧게 기도했다. 기도 끝에 목사의 '아멘' 하는 소리가 들려오자 감사한 마음이 들었다. 이제야말로 끝났다.

그들이 차례로 문을 빠져나갈 때 장모가 목사의 손에 흰 봉투를 쥐여 주었다. 헌금일 것이었다. 오기는 그것을 잘 봐두었다. 그러고 보니 오기 자신의 치료비나 의료 보조 기구를 구입하는 등의 비용을 그간 장모가 어떻게 마련했는지 생각해본 적이 없었는데, 이제는 그게 궁금했다. 장모가 어떤 식으로 오기와 아내의 계좌에 접근했는지, 만약 그럴 수 없었다면 비용을 어떻게 충당해왔는지. 아내의 사망 보험금과 오기의 재해 보험금이 지급되었을 수도 있었다. 그렇다고는 해도 수혜자가 오기로 된 보험금을 장모가 어떻게 수령했을까 하는 것들이 궁금해졌다.

장모가 검은 옷을 입은 사람들을 배웅하러 나가자 간병인이 들어와 방을 치우며 말했다.

"아유, 저 돈이 다 얼마야."

간병인이 밤새 꽉 찬 오기의 오줌통을 꺼내 들었다.

"그죠? 저거 다 돈이잖아요. 아깝긴 하지만 그래도 무당이 오는 것보다야 낫죠. 내가 전에 있었던 집은요. 한 달에 한 번씩 꼭 무당이 왔어요. 그때마다 난리도 아니었어요. 떡 해야지, 과일 사야지, 돼지머리 구해야지…… 방에 부적이 도배지처럼 여기저기 붙어 있었다니까요. 부적도 다 돈인데…… 무당이 작두 타고 쌀 뿌리고 귀신 들린 척 말하는 걸 내가 다 봤죠. 작두 타는 거, 그거 별거 아니라대요. 연습만 하면 다 탄대요. 그런 거보다야 그래도 교회, 절, 이런 게 훨씬 나아요. 목사나 스님은 일단 깔끔하잖아요. 음식을 준비할 필요도 없고 구경꾼도 없고 시끄럽지도 않잖아요."

한참 떠들던 간병인은 장모가 문을 열자 입을 다물었다. 장모의 얼굴은 아직도 상기되어 있었다. 기분이 좋아 보였다.

"그 애가 귀한 일을 많이 했어. 복을 많이 받은 거야. 뵙기도 어려운 목사님이 여기까지 친히 기도하러 와주신 걸 보니 그렇다네. 정말 은혜로운 일이야."

"진짜 유명하신 분인가 봐요."

간병인이 오줌통을 씻으며 큰 소리로 물었다.

"말하면 자네가 아나. 보통 영험한 분이 아니네. 저분 모시느라고 얼마나 애를 썼는지 몰라. 저 목사님 안수기도로 완치된 암 환자가 한둘이 아니야."

덩달아 장모도 목소리를 높였다.

오기의 짐작이 맞았다. 기도원이나 수련원 소속의 목사가 틀림없었다. 제대로 된 종단의 목사는 아닐 것이다.

"앞으로 자주 와주시기로 했어. 그 애랑 자넬 위해 기도해주실 게야."

오기는 장모를 향해 눈을 깜박였다.

'제발 그러지 마세요. 오늘로 충분해요.'

"그래, 알았네, 알았어. 감사하다는 말은 충분히 전했어. 이렇게라도 해봐야지 어쩌겠나."

오기는 눈을 부릅떴다. 화가 났다는 것을 알리고 싶었다. 그런 쓸데없는 짓은 관두라고 말하고 싶었다. 자신에게 필요한 것은 기도가 아니라 꾸준한 재활이었다. 아니면 일찌감치 포기하는 것이었다.

"어디 계신 분이래요?"

간병인이 물었다. 장모는 목사에 관해 말할 수 있는 게 신난다는 듯 큰 소리로 얘기했다. 목사가 있는 기도원은 특정한 종파의 기관이 아니라, '뜻'을 같이하는 사람들의 성경 독회 모임 같은 것이라고 했다. 오기는 무슨 뜻을 같이한 거냐고 묻고 싶은 마음을 꾹 눌러 참아야 했다. 장모가 알아들을 리 없고 겨우 말이 통한다 해도 장모의 조용하고 긴 설명을 견딜 자신이 없었다.

정체 모를 종교 모임의 기도와 찬송을 듣고 거액의 후원금을 내야 하다니 몹시 아까웠다. 장모는 정확히 말하지 않았지만 아마도 그것은 오기의 돈일 게 분명했다. 그간 모아둔 돈이 저도 모르는 사이 장모를 통해 고작해야 뜻 모를 종교 모임으로 조금씩 새어 나간다고 생각하면 부아가 치밀었다.

오기는 오랫동안 세이브더칠드런이나 유니세프 등을 통해 정기적으로 제3세계 아이들을 후원해왔다. 종종 운영진의 횡령이나 착복 등 좋지 않은 소식이 들려올 때면 간접적인 방식의 후원에 회의를 품기도 했으나 결코 후원을 중단하지는 않았다. 종교 단체나 정치 단체 및 특정 정치인에게 후원하는 짓은 결코 하지 않았다. 가난하지도 않고 먹을 게 없지도 않고 글을 못 배운 것도 아닌 성직자나 정치인에게 후원하고 싶은 마음은 조금도 없었다.

이럴 때 얘기를 나눌 사람은 아내뿐이었다. 장모로 인한 고통을 달리 누구와 이야기하겠는가. 그러나 당연히 아내는 없고 오기는 홀로 아내를 떠올려야 했다. 아내는 늘 무엇인가를 생각해왔다. 자신에게 일어날 일을 가장 나쁜 식으로 상상했다. 오기가 보기에 아내는 상상이 불러일으킨 가상의 고통 속에서 그 일이 실제로 일어날 확률을 과대평가하고 불안해했다. 뜻하던 일에서 계속 실패한 후 강박적으로 정원을 돌보면서 느긋하고 차분한 성격을 완전히 잃은 탓이었다. 그런 아내조차 그들에게 이런 미래가 숨어 있으리라고는 짐작하지 못했을 것이다.

오전에 장모가 다녀가고 나면 하루 종일 간병인과 단둘이 지냈다. 장모는 부엌 옆에 다용도실로 쓰던 방을 정리해 간병인에게 내주었다. 다소 거리가 떨어져 있어서인지 오기가 아무리 호출해도 간병인은 잘 듣지 못했다. 듣지 못하는 척하는 것일 수도 있었다. 어쨌거나 행동이 느렸고 눈치를 보지 않았다. 정식 교육도 받지 않은 것 같았다. 장모가 여러 번의 면접을 통해 채용했다지만 그다지 믿음직스럽지 않았다. 간병에 숙련도가 전혀 없었다. 보통의 입주 가정부 같은 느낌이었다.

간병인은 말이 많았고 오기를 향해서도 계속 떠들었지만, 오기가 전혀 대꾸하지 못한다는 걸 알고는 노골적으로 빈정댔다. '사장님이야 뭐 하실 말씀도 없겠죠'라고 하거나 '사장님은 워낙 과묵하시잖아요'라고 놀려댔다.

놀리기도 지치고 혼자 떠드는 일도 지루해지면 여기저기 전화를 걸었다. 간병인이 거실에서 전화로 떠들거나 제 휴대전화로 통화하는 소리가 오기의 방에까지 고스란히 들렸다. 그것만으로도 오기는 간병인에 대해 많은 걸 알게 되었다. 얼마 전 간병인이 시작한 계는 한 달에 얼마씩 붓는지, 계주와는 어떤 관계인지, 곧 있을 친척 아기의 돌잔치에 어떤 선물을 가져갈지 하는 것이었다.

무엇보다 그녀의 장성한 아들에 관해 알 수 있었다. 어린 시절 영특했던 그가 언제부터 엇나갔는지, 얼마나 빈둥대며 시간을 헛되이 쓰는지, 밤새 정신없이 게임에 빠져 있는지에 대해서. 아들과 통화할 때면 간병인의 목소리는 완전히 달라졌다. 그녀는 자주 애원하는 투로 말했다. 제발 그러지 말라고 했다. 애교를 부리듯이 어미 좀 봐달라고 할 때도 있었다. 먹고 죽으려도 이제는 한 푼도 없다고 사납게 잡아떼기도 했다.

간병인이 전화로 떠드는 시간이 길어지면 오기는 호루라기를 불었다. 호출 방식을 정한 것은 장모였다. 장모가 호루라기를 주었다. 호루라기를 두 번 불면 간병인이 오게 되어 있었다.

간병인은 한 번에 제대로 오는 법이 없었다. 여러 번 불어야 겨우 왔다. 오기는 오줌이 마렵거나 등이나 머리가 가렵거나 다리에 통증이 느껴지거나 등에 땀이 찰 때 참지 않고 호루라기를 불었다. 그런 때가 아니더라도 불었다. 간병인의 통화가 너무 길어진다 싶을 때, 간병인이 전화로 아들에게 죽는 소리를 하거나 애원하는 소리를 할 때 불었다. 간병인이 방에서 도대체 뭘 하고 있는지 오기에게 아무런 기척이 느껴지지 않을 때, 간병인 혼자 밥을 먹는 소리가 들릴 때에도 호루라기를 불었다. 그러라고 있는 게 호루라기고, 입주 간병인이었으니까.

상황은 언제나 비슷했다. 간병인은 느릿느릿 나타났다. 방에 들어서면 호호 웃으며 '사장님은 뭘 이렇게 자주 불러요' 하고는 앞섶만 겨우 묶인 오기의 바지 끈을 풀었다. 오기가 무엇 때문에 불렀는지 알아볼 생각도 없이 일단 들고 있는 물수건으로 오기의 사타구니를 닦았다. 물수건은 늘 미지근했다. 물 온도 때문인지, 간병인이 걸레처럼 손에 들고 다니다가 보이는 곳을 닦아댔기 때문인지 알 수 없어서 오기는 매번 눈살을 찌푸렸다.

엉덩이에 납작한 변기를 대준 후 그녀의 뜻대로 오기가 배변을 하면 '아이고 잘했네' 하며 칭찬했다. 유동식을 다 받아먹고 나면 머리를 쓰다듬어 주기도 했다. 오기는 몹시 불쾌했다. 자신을 어린애 취급하는 간병인의 저열함에 화가 났다.

간병인은 하루에 두 번씩 오기를 돌아 눕힌 다음 등을 닦았다. 욕창이 생기지 않도록 윤활제를 발라 손으로 오랫동안 문질렀다. 목덜미부터 등, 둔부를 거쳐 다리 끝까지 그렇게 했다. 오기의 몸을 문지를 때 간병인은 느물스럽게 웃었다. 어린애 대하듯 할 때와는 딴판이었다. 오기의 둔부를 찰싹 때릴 때도 있었고 시커멓게 쪼그라든 성기를 툭툭 건드릴 때도 있었다. 일부러 그러는 것이었다. 오기는 알아먹지 못할 긴 소리로 항의를 대신했다.

몸을 마사지한 후에는 오기 위로 살집 있는 몸을 구부려 침요를 정리했다. 반대편으로 돌아가면 쉽게 할 수도 있는데 굳이 그렇게 했다. 깊게 몸을 수그렸는데, 그럴 때면 덜렁거리는 젖가슴이 오기에게 닿을 때도 있었다. 간혹은 브래지어도 착용하지 않고 유두 자국이 도드라진 얇은 민소매 옷을 입고 그렇게 했다. 그런 차림일 때는 팔을 뻗으면 겨드랑이의 검고 무성한 털이 다 보였다. 거기에서 퀴퀴하고 눅눅한 땀냄새가 났다. 간병인은 제 몸의 땀냄새나 오기에게 나는 냄새에 아랑곳하지 않았다.

처음에 오기는 화를 참았다. 나중에는 참을 필요가 없었다. 몸에 누군가의 살이 닿는 것은 오랜만이었다. 오기는 불쾌함을 완전히 이겨냈다. 제 몸을 간혹 스칠 뿐인 그것이, 만질 수 있다면 보드라울 것이고 따뜻한 혈관의 감촉이 느껴질 것이고, 만지면 움찔하며 반응할 것이라는 게 좋았다. 오기는 한 번도 살집 많은 몸매에 홀린 적이 없었는데, 자신을 지그시 누르는 그 육중한 무게감이 좋았다.

하지만 그게 다였다. 간병인을 만지거나 애무하지는 않았다. 당연히 그럴 수 없지 않은가. 오기가 좋았던 것은 그것이 살아 있는 사람의 육체여서이지, 매혹적인 여인의 몸이어서는 아니었다. 오기가 할 수 있는 것이라곤 고작 간병인의 냄새를 맡는 것이었다. 살아 있는 사람에게서 나는 냄새, 땀내가 밴 머리 냄새, 흐릿하게 남아 있는 샴푸 냄새, 겨드랑이 냄새, 옷에 밴 세제 냄새 같은 것들. 자신에게서 나는 땀내나 오줌 냄새와는 완전히 다른 냄새였다.

그것만으로도 오기는 종종 흥분했다. 간병인의 커다란 젖꼭지가 도드라진 걸 볼 때, 간병인이 오기를 살며시 누를 때도 그랬다. 목덜미 사이로 드러난 하얀 살이 보드라워 보일 때, 구불거리는 숱 적은 머리가 닿은 목선에 땀이 맺혀 있을 때도 마찬가지였다.

예전의 오기를 매혹시키는 것은 이런 게 아니었다. 오기가 안았던 여자들은 다 자그맣고 가냘펐다. 오기는 몸을 구성하는 유기물 중에서도 특히 툭 튀어나온 관절이라거나 약해 보이는 가느다란 뼈를 좋아했다. 얇은 살 너머로 뼈의 모양새가 만져지면 여자를 전부 안은 듯한 기분이었다.

자신이 예전과 완전히 다른 방식으로 유혹된다는 게 슬펐다. 여자의 향기가 아니라 익숙한 생활의 냄새에 흥분한다는 것이, 탄력 있는 맨살이 아니라 늘어지고 아무렇게나 부풀어 오른 육덕진 살집에 흥분한다는 것이 슬펐다. 이런 육체에 매혹된 것은 처음이었다.

8

차츰 장모의 방문이 잦아졌다. 얼마 지나지 않아 제 집처럼 오기의 집을 드나들었다. 당연히 예고 없이 방문할 때가 많았다. 그날도 마찬가지였다. 장모가 현관문을 열고 들어서는 소리에 이어 자기 방에 있던 간병인이 호들갑스럽게 방문을 닫고 거실로 나오는 소리가 들렸다.

오기는 그간 간병인에 대해 장모에게 아무 말도 하지 않았다. 애를 쓰면 왼손으로 몇 글자씩 적을 수 있겠지만 간병인의 행태를 그런 식으로 비난하는 건 치사했다.

사실 다 괜찮았다. 얼마 전부터 오기의 집을 드나드는 간병인의 아들만 빼면 말이다. 처음에 아들은 오기 몰래 드나든 것 같았다. 푼돈을 받으러 왔다가 간병인이 차려주는 밥을 먹고 조용히 나갔을 수 있었다. 간혹 시간을 끌기도 했겠지만 적어도 오기가 모르게 하려고 인기척을 내지 않으려 했을 것이다.

하지만 철없고 방정맞고 무례한 젊은 애였다. 얌전하게 구는 걸 더 자존심 상하는 일로 여겼을지도 몰랐다. 어느 순간 다 들리도록 큰 소리를 내더니 아예 오기의 방으로 들어왔다.

얼마 전 선잠에서 깨어났을 때 오기는 깜짝 놀라서 쉿소리를 내질렀다. 머리를 짧게 깎은 구릿빛 피부의 사내애가 똑바로 서서 무표정한 얼굴로 오기를 내려다보고 있었다. 엉덩이가 축 늘어진 청바지에 아임유어파더라고 씌어진 검은색 티를 입고 있었다.

오기가 놀라자 그 애는 씩 웃었다. 비밀이라는 듯 손가락을 입술에 갖다 대고는 그대로 나가버렸다. 간병인이 사내애에게 방에는 뭐하러 들어갔느냐고 타박하는 소리가 들렸다. 아무 말 못 하던데? 사내애가 말했고 간병인의 낮은 잔소리가 이어졌다.

오기는 화가 나서 호루라기를 불어댔다. 두 번 부르면 간병인이 와야 했다. 여느 때처럼 오지 않았다. 오기는 또 불었다. 여러 번 불었다. 계속해서 불었다. 참기 싫었다. 얼마나 화가 났는지 알아듣게 일러두고 싶었다.

간병인 대신 사내애가 벌컥 문을 열었다. 간병인과 하나도 닮지 않은 청년이었다. 병약할 정도로 빼빼 말랐는데, 허약해 보이기보다는 깡이 세 보였다. 고생을 많이 해서 마른 것 같았다. 짧은 머리하며 시커멓게 그을린 얼굴을 보면 이제 막 군대에서 제대한 것인지도 몰랐다.

"아이 씨발, 아저씨. 무슨 연병장 집합하는 것도 아니고 왜 호루라기로 사람을 오라 가라야."

사내애는 오기가 누워 있는 침대를 발로 툭툭 쳤다. 오기가 노려보자 이불을 획 걷어버렸다. 이번에는 제 발로 오기의 감각 없는 다리를 건드렸다. 오기의 다리가 막대기처럼 흔들렸을 것이다. 간병인은 그걸 보고만 있었다. 어쩔 수 없다는 표정이었다. 좋아하는 것도 같았다. 오기를 보며 민망해했지만 아들을 말릴 생각은 없어 보였다.

"아저씨, 내가 이거로 아저씨한테 일어나라 마라 그러면 좋겠어요? 네, 좋겠냐고요?"

사내애는 오기에게서 호루라기를 빼앗아 불었다. 처음에는 선 자리에서 불었다. 그다음에 오기의 귀에 대고 불었다. 계속 불었다. 만약 간병인이 억지로 데리고 나가지 않았다면 오기는 고막까지 잃었을지도 몰랐다.

"말로 합시다. 아저씨, 네? 좋게, 말로 합시다, 우리."

아이가 밖으로 끌려나가면서 소리쳤다.

이런 애에게 두려움을 느껴본 적은 한 번도 없었다. 오기가 강의실에서 만나는 학생들은 모두 잘 교육받은 부모 밑에서 자랐다. 영양 상태가 좋았으므로 신체적 성장도가 균형을 이루었다. 학기 말에 성적 이의 신청을 하며 간혹 목소리를 크게 낼 때는 있었지만 기본적으로 체제 순응적이고 보수적이며 안정지향적인 아이들이었다. 간병인의 아들같이 무례하고 막돼먹은 학생은 적어도 오기의 학과에는 없었다.

오기는 집에 돌아온 이후 처음으로 장모를 열렬히 기다렸다. 제 집에서 돈을 주고 부리는 사람에게 두려움을 느끼고 위협을 받게 될 줄 몰랐다. 유일한 가족이 장모뿐이라는 게 실감났다. 이대로 장모에게서 버려질까 봐 불안하기도 했다.

장모가 와주기를 바랐지만 간병인 혼자 있을 때는 아니었다. 장모가 내쫓아야 하는 건 간병인의 아들이지, 간병인은 아니었다.

집에 들어설 때 간병인의 부산스러운 행동 때문에 장모는 이상한 낌새를 알아차린 것 같았다. 장모는 말리는 간병인을 뒤로하고 그녀의 방으로 들어갔다. 뭔가 소란스러운 소리가 들려왔다. 장모가 내는 것이라고는 믿기지 않는 히스테릭하고 날카로운 목소리, 간병인의 울부짖는 소리 같은 것들.

이내 두 사람은 좁은 방에서의 다툼을 끝내고 거실로 나왔다. 그러자 오기에게도 두 사람의 목소리가 똑똑히 들렸다. 장모는 격분해 있었다. 간병인에게 도둑년이라고 했다. 오해라고 잡아떼는 간병인의 목소리가 간절했다.

"훔친 게 아니라고요. 사장님이 주신 거라니까요. 정말이에요. 저한테 가지라고 하셨어요."

장모는 그 말에 더욱 화를 냈다. 도대체 무슨 짓을 해줬길래 이런 걸 받았느냐고 캐물었다.

"이게 얼마짜린지 알기나 해. 너 같은 게 가질 만한 게 아니야."

그 말에 간병인은 태도를 바꿨다. 사납게 대꾸했다.

"그게 얼마짜린지 내가 어떻게 알아요? 들어가서 저 병신한테 물어봅시다. 도대체 얼마짜린지."

오기는 그 대화에 무척 충격을 받았다. 자신이 치유되기 힘든 장애를 입어 '병신'이 되었다는 걸 알았지만 자신을 향해 그렇게 말하는 것은 처음 들었다. 간병인의 말보다 더 오기를 괴롭힌 것은 장모의 말이었다.

"이렇게 천박하고 막돼먹었으니 평생 저런 병신이나 상대하지."

오기는 눈을 감아버렸다. 이 모든 게 자신과 무관한 일이었으면 싶었다. 악다구니와 히스테리, 변명과 거짓말, 도둑질 같은 것은 오기와 어울리지 않았다. 오기는 이런 삶을 겪을 필요가 없었다. 그렇게 생각하려고 해도 잘 되지 않았다.

장모가 벌컥 문을 열어젖혔다. 쿵쾅거리며 걸어 들어와 오기의 눈앞에 작은 링을 들이댔다.

"똑바로 보게. 이걸 봐."

오기가 눈을 감아버리자 장모가 오기의 부서진 턱을 잡았다. 눈을 뜨게 하려는 것이었다. 보형물이 흔들리고 턱이 아파왔다. 장모는 손을 놓지 않았다. 오기는 아무리 화가 났다고 해도 자신의 부상을 아무렇지도 않게 대하는 장모가 심하다고 생각했다.

"자네가 저년한테 이걸 줬나. 응? 똑바로 보게."

눈앞에 파란색 알이 박힌 반지가 보였다. 턱이 아팠다. 눈물이 맺힐 정도로 아팠다. 그걸 본 것인지 장모가 오기의 턱을 놔줬다. 얼얼했다.

간병인을 들이기 전 장모는 집 안을 대충 정리해뒀다. 주로 아내가 집 여기저기에 방심하며 놓아둔 귀금속과 액세서리 같은 것을 한데 모아두었다. 오기에게 그것들을 담아둔 상자를 보여주었다. 거기에 있는 것들을 모두 꺼내 손바닥에 펼쳐놓기도 했다. 제법 많았다. 선물 받거나 아내가 스스로 산 것일 터였다. 오기가 사준 것도 있을 것이었다. 그게 뭔지 구별할 수 없었다. 장모는 그중 어떤 것은 상당히 고가라고 했다. 장모가 특별히 그것들을 꺼내 보여주었지만 오기는 기억할 수 없었다.

오기는 장모를 향해 눈을 깜박였다. 계속 깜박였다. 고개를 조금 흔들 수 있고 왼쪽 팔을 움직일 수 있었음에도 불구하고, 처음 의식이 깨어났을 때처럼 꼼짝 않고 누워서 오로지 눈만 깜박였다. 장모가 아무리 닦달해도 어떤 말도 할 수 없는 처지라는 것에 안도하면서.

"내가 이럴 줄 알았네. 당장 나가!"

장모가 크게 소리쳤다. 오기는 움찔했다. 자기더러 당장 나가라고 한 줄 알았다.

"어디서 도둑질이나 하고 대낮에 술을 처먹고 지랄이야."

장모가 간병인에게 삿대질을 했다.

"이 병신 새끼가 누굴 도둑으로 몰아."

간병인이 오기에게 달려들었다. 오기의 감각 없는 두 다리를 잡고 흔들었다.

감각이 있었다면 간병인의 억센 손아귀에 잡힌 다리가 아팠을 것이다. 하지만 오기에게는 어떤 통증도 느껴지지 않았다. 오기는 꿈쩍하지 않았다. 흔들리는 느낌이 없었다. 오기의 몸은 거짓말과 변명과 오해를 굳건히 버텨내고 있었다. 몸은 괜찮았지만 기분은 나빴다. 오기는 이미 큰 사고를 겪었고, 그것으로 겪어야 할 고통이 모두 끝인 줄 알았는데, 그 일 이후에도 보통의 삶과 마찬가지로 거짓말과 오해와 변명이 계속된다니, 이상했다.

술을 먹는 것은 간병인이 아니었다. 그녀의 아들이었다. 아들은 처음에는 간병인의 좁은 방에서 조심스럽게 마셨고, 얼마 후에는 거실에서 마셨다. 술에 취하면 크게 노래를 불렀고 간병인에게 푸념을 늘어놓았다. 어딘가로 전화를 걸어 군대 선임을 욕했고 종내는 엉엉 울었다. 그렇게 울고 나서는 술냄새를 잔뜩 풍기면서 오기에게로 왔다. 새까만 얼굴에 번들거리는 눈동자로 오기에게 인사했다.

"아저씨, 미안합니다."

공손하게 허리를 구부렸다.

"제가 다 마셔서 죄송합니다."

또 허리를 숙였다.

"씨발, 맛있어서 그랬습니다."

간혹 그 애는 수건에 술을 적셔서 오기의 입술에 대주었다. 처음에 오기는 입을 앙다물었다. 사내애의 조롱에 동참하고 싶지 않았다. 그 애는 포기하지 않았다. 오기의 입술에 계속 수건을 들이댔다. 오기는 싱글몰트 위스키가 풍기는 이탄 향을 참지 못했다. 이게 얼마 만에 느끼는 향인지. 황홀했다. 그 애는 조금 더 주었고 오기는 슷제 혀를 내밀어 받아 마셨다. 나중에는 숟가락으로 떠주었고 컵에 빨대를 대주기도 했다. 그 애가 준 것이 좋은 술이긴 했으나 최상품은 아니었다. 더 좋은 게 많이 있을 텐데 그 애가 보는 눈이 없거나 이미 마셔버린 것 같았다.

장모는 간병인의 방으로 다시 갔고, 짐을 거실 쪽으로 내던졌다. 간병인은 양손에 들 수 있는 만큼 짐을 챙겼다.

숫제 장모는 현관문을 열어 정원으로 짐을 던졌다. 오기는 간병인이 정원에 버려진 짐을 커다란 가방에 되는대로 쑤셔 넣는 것을 창을 통해 지켜보았다.

간병인은 떠날 것이다. 이제 오기에게 살냄새를 맡게 하고 술로 입술을 축여줄 사람은 없었다. 불쾌한 것인지 슬픈 것인지 분간할 수 없는 느낌이 가슴에 꽉 들어찼다. 오기는 슬픔을 느끼는 대신 간병인의 아들이 마셔 없앤 술이 모두 질 좋은 싱글몰트라는 것만 생각했다. 세계 각지로 학회와 세미나, 여행을 다니면서 애써 사 모은 것이었다. 아깝고 분하다고 생각하려 애썼다.

장모는 오후 내내 간병인의 방을 치웠다. 간병인이 미처 챙기지 못한 짐은 죄다 쓰레기통에 버렸다. 여기저기 전화를 걸어 간병인을 구한다는 것을 알렸다. 알선 업체로부터 시간제 간병인과 달리 입주 간병인을 구하는 건 쉽지 않다는 얘기를 반복해서 들어야 했다.

"들여놔봐야 저런 인간일 텐데, 어쩌겠나."

장모가 오기를 보며 한탄했다.

저녁 무렵 장모가 떠난 후 오기는 혼자 남았다. 집으로 돌아올 때 바랐던 대로 비로소 홀로 있게 된 것이다. 간병인도 없이 홀로 남은 건 의식을 되찾은 후 처음이었다. 홀

가분할 줄 알았는데 아니었다. 외로웠다. 무섭고 두려웠다. 오기는 공연히 호루라기를 불었다. 누구도 들여다보지 않았다. 빈정대거나 못살게 구는 사람도 없었다. 소리를 지르고 화를 내는 사람도 없었다.

집이 온통 어두컴컴했다. 장모는 부주의했다. 불도 켜주지 않고 가버렸다. 오기가 아껴야 할 게 뭐가 있다고 장모는 인색하게 굴었다. 처음 있는 일이어서 미처 생각지 못한 것일 수도 있었다. 정원에도 불이 하나도 켜지지 않았다. 방의 커튼이라도 내려주었다면 좋았을 텐데 그러지 않아서, 오기는 창밖이 시커멓게 잠겨드는 걸, 어둠 속에서 나뭇가지가 일렁이는 게 누군가의 손짓처럼 보이는 걸 고스란히 지켜봐야만 했다.

사이드테이블에서 붉은빛이 반짝였다. 전화가 왔음을 알리는 불빛이었다. 방이 어둡지 않았다면 전화기에서 뿜어져 나오는 희미한 불빛을 볼 수 없었을 것이다. 벨 소리는 나지 않았다. 그러고 보니 오기가 방에서 지내는 동안 한 번도 전화벨이 울린 적 없었다. 아마도 장모나 간병인이 오기의 안정을 고려해 벨 소리를 꺼둔 모양이었다. 어차피 오기가 전화를 받을 수 없을 테니 그리 해둔 것일 수도 있었다.

전화기를 보자 어떤 생각이 떠올랐다. 오기는 왼팔로 침대를 더듬어 간병인이 놓아둔 등긁개를 찾았다. 다리가 가렵다는 느낌이 들 때 써보라며 준 것이었다. 오기는 그것을 한번도 쓰지 않았다. 긁고 싶다면 호루라기를 불어 간병인을 찾으면 되었다.

등긁개를 뻗어 전화기를 제 쪽으로 끌어당겨볼 생각이었다. 잘 되지 않았다. 등긁개를 쥔 왼손이 금세 뻐근해졌다. 얼마 지나지 않아 전화기의 빛은 사그라들었다. 다시 빛나지 않았다.

오기는 포기하지 않았다. 계속해서 사이드테이블에 놓인 전화기로 등긁개를 뻗었다. 선이 팽팽해지면서 더 이상 전화기가 당겨지지 않았다. 힘껏 팔을 뻗어도 수화기에 손이 닿질 않았다.

여러 번의 시도 끝에 등긁개 뒷부분을 이용해 스피커 버튼을 누를 수 있었다. 신호음이 방 안을 채우자 외로움이 조금 가시는 것 같았다. 그런데도 막상 그 소리가 들리자 망설여졌다. 통화가 된다고 해도 말을 할 수 없으니까. 기껏해야 큰 숨이나 내뱉는 게 고작일 테니까. 그래도 해보기로 했다. 지금으로서는 뭐든 해보는 게 나았다.

정확히 기억하는 번호가 있었다. 휴대전화에 저장하기

시작하면서 전화번호를 외울 필요가 없어졌지만, 그 번호만은 언제나 기억했다. 오기는 연락처 목록에서 여러 번 그 번호를 삭제했다. 오기도 어느 정도는 노력한 것이다. 노력은 오래가지 않았다. 전화번호는 또렷이 떠올랐고 오기는 쉽게 흔들렸다. 얼마 후에는 그 번호로 전화를 걸어 안부를 묻고 짧게나마 목소리를 들었다. 절대로 오기에게 먼저 전화가 걸려 오지 않았다. 그래도 오기가 전화를 걸면 매번 받아주었다.

천천히 등긁개를 이용해 버튼을 눌렀다. 열한 개의 숫자를 제대로 누르기까지 제법 시간이 걸렸다. 드디어 신호음이 들렸다. 한참 동안 울렸다. 그리고 상대가 전화를 받았다. 가슴이 떨렸다. 상한 몸과 달리 마음은 잘도 제자리를 지키고 있었다.

여보세요, 하는 소리가 들렸다. 그 간단한 목소리에 눈물이 날 것 같았다. 반가웠다. 처음 사랑한다는 말을 들었을 때처럼 마음이 놓이는 동시에 크게 흔들렸다. 여보세요? 다시 그 목소리가 들려왔다. 오기는 말하고 싶었다. 그 물음에 응대하고 싶었다. 오기가 말하려고 할 때마다 기계 소리 같은 게 났다.

이번에 상대는 누구세요,라고 물었다. 가슴이 타는 듯한 통증이 느껴졌다. 소리가 되어 나온 것은 분절된 신음뿐이었다. 오기는 제 이름을 말하고 싶어 안달이 났다. 몇 번 시도했다. 수화기 너머는 조용했다. 의심하는 목소리로 다시 누구냐고 묻는 소리가 들렸으나 오기는 입을 다물었다. 더 이상 소리내는 일을 시도하지 않았다. 힘이 들었고 헛되다는 생각이 들었다. 그래도 목소리를 더 듣게 될지 몰라 전화를 끊지 않고 기다렸다. 상대는 아무 말 않고 있다가 곧 전화를 끊어버렸다.

통화가 끊겼음을 알리는 신호음이 규칙적으로 울렸다. 세상 모든 것으로부터 떨어져 나온 것 같았다. 목소리를 듣기 전보다 더 외로워졌다.

얼마 후 전화가 걸려왔다. 이번에도 벨 소리는 들리지 않았다. 수화기 아래 작은 창에서 희미하게 빛이 점멸했다. 장모가 고마웠다. 불을 끄고 가지 않았다면 그 불빛을 볼 수 없었을 것이다.

첫번째 전화는 받지 못했다. 오기는 행동이 느렸고 뜻대로 할 수 없었다. 구조 신호를 놓친 기분이었다. 다시 전화가 걸려왔다. 오기는 상대가 인내심을 가져주기를 바랐다. 간신히 스피커 버튼을 눌러 전화를 받았다.

상대는 아무 말도 하지 않았다. 오기는 되도록 크게 말했다. 쇠가 땅에 긁히는 소리가 났다. 숨이 가빴다. 다음에 수술을 받으면 조금 괜찮아질 거라는 의사의 말을 상기했다. 의사는 오기가 차츰 분절된 소리를 낼 것이며 발음이 어눌하기야 하겠지만 곧 정상적인 발성을 되찾을 것이라고 했다. 오기는 치료에 적극 응할 것이고 회복을 위해서라면 어떤 고통도 감수할 각오가 되어 있었다.

"오기 씨예요?"

오기는 제 이름을 말하는 그 소리를 들었다.

'응, 나야.'

오기는 힘겹게 대답했다. 응, 하는 소리가 나는 것도 같았다. 상대도 그렇게 들었으면 좋겠다고 생각했다.

"오기 씨?"

아마도 제대로 듣지 못한 것 같았지만 오기라는 건 알아차린 모양이었다. 스피커를 통해 조용한 숨소리가 들려왔다. 우는 소리처럼 들리기도 했다. 오기는 가슴이 먹먹해졌다. 자신을 향해 울어주는 사람이 아직 있었다. 오기는 그 울음소리를 가까이 듣고 싶어졌다. 등긁개를 뻗어 전화기를 좀더 끌어당겼다. 잘 되지 않았다. 몇 번 그 일을 반복하다가 전화기를 아래로 떨어뜨렸다.

오기가 누워 있는 곳에서는 바닥에 떨어진 전화기가 보

이지 않았다. 박살이 난 건 아닌 것 같았다. 여보세요, 하고 부르는 소리가 수화기를 통해 여전히 들렸다. 오기가 아무 말도 못하자 전화는 이내 끊어졌다. 통화가 끊겼음을 알리는 신호음이 얼마간 계속되다가 시간이 흐르자 그마저 끊겼다. 방 안에는 더 짙어진 어둠과 고요만 남았다.

9

장모는 다음 날 정오 무렵 왔다. 검은 옷의 교인들과 함께였다. 방문을 연 장모의 눈이 먼저 바닥으로 향했다. 장모는 의아한 표정으로 오기를 쳐다본 후 일단 전화기를 사이드테이블에 그대로 올려두었다.

오기의 오줌통이 꽉 차 있었기 때문에 장모는 교인들이 방으로 들어서기 전에 통을 비우고 물로 씻었다. 교인들이 장모를 칭찬했다. 아무나 못 하는 일이고, 대단한 사랑이 있어야 하는 일이라고 했다. 독생자 같은 분이나 할 수 있는 일이라고 치켜세우는 사람도 있었다.

목사가 오기의 손을 잡고 기도하고 신도들이 서로 손을 잡고 찬송을 4절까지 불렀다. 지난번과 내용이 조금 다르지만 결국 뻔한 설교가 이어졌다. 목사는 문둥이를 낫게 하고 앉은뱅이를 일어나게 한 예수의 영험함을 얘기하며 오기를 위로했다. 마지막 기도가 끝나자 장모가 목사에게 두툼한 흰 봉투를 건네주었다. 오기는 목사가 좀 늦게 가 주기를 바랐지만 그런 일은 없었다. 볼일이 끝나자 그들은 다음 기도를 위해 서둘러 집을 나섰다.

일행을 배웅하고 방으로 다시 들어온 장모가 수화기를 들어보았다. 오기에게도 신호음이 들렸다. 망가지지는 않은 모양이었다. 수화기를 든 장모가 미심쩍은 표정으로 오기를 보았고, 전화기 버튼을 하나 눌렀다.

단 하나의 버튼을 누른다면 그게 뭘까. 아마도 재발신 버튼인 것 같았다. 장모가 다시 오기를 힐끔 보았고 수화기를 손으로 막았다. 누군가 전화를 받았을 것이다. 그 사람은 어젯밤과 마찬가지로 오기 씨라고 부르며 크게 숨을 내쉬거나 울었을 것이다. 오기가 전화한 줄 알고 뭐라고 말을 하려 들었을지도 몰랐다. 장모는 상대의 말을 묵묵히 듣고 있었다.

얼마 후 조용히 수화기를 내려놓은 장모가 오기를 쳐다보았다. 오기는 졸리다는 듯 눈을 감았다. 장모가 코드를 뽑아 전화기를 가지고 나가버리는 소리가 들렸다.

그날 장모는 다시 오기의 방에 들어오지 않았다. 통이 꽉 차서 넘쳐흐른 오줌이 방바닥에 누렇게 고이는 게 보였다. 그래도 오줌을 눌 수밖에 없었다. 사고를 당한 후 오줌을 참지 못했다. 의사는 운동 신경이 손상되어 배뇨 조절이 되지 않고, 방광 용적이 감소하여 내압이 증가하면서 자주 오줌을 누는 것이라고 했다. 요도와 연결된 관은 누런 오줌을 링거처럼 조금씩 계속 흘렸다. 약물 때문인지 오줌 색깔이 더 노랬고 지린내도 심했다.

장모는 다음 날에야 왔다. 이번에는 커다란 가방을 가지고 들어왔다. 오기에게 당분간 자신이 간병을 할 것이며 아내가 서재로 쓰던 방에 머물겠다고 했다.

그 방. 자세히 떠올릴 수 있었다. 정원에 있을 때가 아니면 아내는 언제나 그 방에 머물렀다. 어떤 때는 그 방에서 잤다. 오기는 자주 그 방문을 열었다. 때가 되었는데 아내가 식사를 차려주지 않거나 초인종을 누르는 택배원에게 문을 열어주지 않을 때, 퇴근해 돌아왔는데 내다보지도 않을 때면 오기는 그 방으로 갔다.

아내는 언제나 책상 앞에 앉아 있었다. 전면 벽에는 큰 책장이 있었다. 책장은 꽉 차 있었다. 새로 꽂아야 할 책이 생기면 아내는 책장에 꽂힌 책 중 한 권을 빼서 버렸다. 좋아하는 작가의 새로운 번역본이 출간되면 서가에 꽂힌 비슷한 두께의 지리학 책을 버리는 식이었다. 오기는 아내의 손이 닿지 않도록 제 책을 연구실에 모두 가져다 두고, 할 수 없이 집에 두어야 하는 것은 제 서재에 두었으나, 어김없이 오기의 책 중 한 권은 재활용 쓰레기통에서 운 좋게 발견되거나 아예 버려졌다.

"넘치면 버리는 게 당연해."

오기가 언제부터 그렇게 분수껏 살게 되었느냐고 비꼬면 아내가 대답했다. 그럴 때 아내의 목적은 단 하나였다. 그저 오기를 화나게 하는 것. 아내는 간혹 그럴 때가 있었다.

방 한가운데 커다란 티크 책상이 있었다. 그 책상을 들여놓기까지 아내는 석 달을 기다렸다. 성북동에 있는 앤티크 가구점을 일주일이 멀다 하고 드나들었고 드디어 마음에 드는 책상을 발견했다며 구입했다. 거실에 들여놓은 소파 다음으로 비싼 액수였다. 오기가 가진 어떤 물건보다도 비쌌다. 꼭 그런 걸 사야겠느냐고 묻자 아내는 평생 쓸 책상이라고 대답했다. 그러고 보니 아내 말대로 되었다. 아내는 남은 생애 동안 그 책상을 썼다.

책상 옆으로 역시 같은 가구점에서 구입한 사이드보드

가 놓여 있었다. 그 위에 아내는 여행지에서 사온 기념품들과 프레임이 특이하고 값비싼 액자를 죽 올려놓았다. 액자에 든 것 중 오기나 아내의 사진은 한 장뿐이었다. 연애시절 함께 간 경주에서 2인용 자전거를 타다가 찍은 사진이었다. 아내의 젊고 예뻤던 시절을 떠올리게 하는 사진이지, 추억이 특별했던 건 아니었다.

액자에 든 것은 다 여자들의 사진이었다. 애니 리버비츠가 찍은 수전 손택, 머리를 틀어 올린 버지니아 울프, 흰색 비키니 차림으로 활짝 웃고 있는 바닷가의 실비아 플라스, 정원에서의 타샤 튜더, 담배를 피워 문 노년의 루이즈 부르주아, 머리를 풀어 헤치고 가슴을 열어젖힌 조지아 오키프, 란제리 차림으로 흐트러진 침대에 누워 있는 신디 셔먼 같은 여자들이었다.

산 사람도 있고 죽은 사람도 있었다. 자살한 사람도 있고 질병으로 죽은 사람도 있었다. 모두 다른 사람들이었지만 오기는 금세 그들의 공통점을 알아차렸다. 전부 성공한 여자들이라는 것. 아내는 대학 시절 오리아나 팔라치 사진을 지갑에 넣어가지고 다닌 것처럼 이 여자들의 사진을 제 방에 늘어놓은 것이다.

오기는 아내가 하고 싶은 일이 뭔지 끝까지 제대로 알

수 없었지만, 아내가 되고 싶은 게 어떤 사람인지는 조금 짐작했다. 아내는 화가나 작가, 저술가가 되고 싶은 게 아니었다. 단지 성공해서 이름을 날리고 싶어 했다.

정원을 돌볼 때가 아니면 아내는 성공한 여자들의 사진과 함께 방에 틀어박혔다. 오기가 들여다볼 때마다 아내는 책상 앞에 앉아 뭔가 쓰고 있었다. 그랬다. 날마다 뭔가 썼다. 노트북에도 쓰고 커다란 노트에도 썼다. 포스트잇에 써서 벽에 붙여두었고 메모지에 적어 틴케이스에 차곡차곡 모아두었다. 오래전 논픽션을 쓰기로 계약했다가 위약금을 물어준 이후 한 번도 무엇을 쓰는지 오기에게 말하거나 보여준 적은 없지만, 계속해서 뭔가를 써왔다.

딱 한 번 여행을 가기 얼마 전에 말해줬다. 자신이 최근에 무엇을 쓰고 있는지. 오기는 가드닝 책일 거라고 추측했다.

"틀렸어."

아내가 간단히 대꾸했다.

"고발문 같은 거야."

"고발문?"

그 주제는 흥미로웠다. 아내가 이제껏 써온 것과 조금 달랐다. 그러나 생각해보면 꼭 그렇지도 않았다. 아내가 처음 글의 효력을 체감한 것이 그런 고발문이었다. 뭔가 쓰고 그것으로 뜻을 이뤄낸 경험 말이다. 아내가 쓴 성희롱 고발문은 사장을 출판인협회 요직에서 물러나게 했고 사내 복지를 향상시키는 계기를 만들었다. 아내가 쓴 글에서 비롯된 일이 분명했다.

"나는 고발한다."

아내가 문어체로 중얼거렸다.

"무엇에 대한 고발인지 묻고 있잖아."

"진실이 전진하고 있고, 그 무엇도 그 발걸음을 멈추게 하지 못하리라."

아내가 오기를 똑바로 쳐다보며 에밀 졸라의 말을 인용했다.

오기가 전진하는 진실이 뭐냐고 되물었다면, 아내의 얘기를 들으려 했다면, 아내는 농담이든 진담이든 말을 이어갔을 것이다. 그러나 아내의 응시와 웅얼거리는 투는 오기의 기분을 상하게 했다. 오기는 한숨을 내쉬었고 "이럴 때 쓰는 말이 아니야"라고 대꾸한 후 그대로 자리를 떴다.

그때 아내에게 좀더 얘기를 들었어야 한다는 생각은 후에 여행을 가던 차 안에서야 할 수 있었다. 아내가 그런 식으로 말을 걸어야 할 정도로 사이가 서먹해졌다는 걸 나중에야 알아차렸다. 모든 일이 그런 것처럼 늦은 생각이었다.

장모는 좀처럼 아내의 방에서 나오지 않았다. 아마 처음에는 방을 치우는 정도로 둘러보았을 테지만 점차 아내의 책상 위, 책상 서랍, 메모가 붙은 벽면을 살펴보았을 것이다. 아내는 강박적으로 기록했다. 그날 읽은 책의 제목과 페이지 수, 내용을 정리해놓는 것은 물론이고 통화한 사람들의 이름과 통화 내용을 간단히 적어두기도 했다.

오기에 대해서도 자세히 적었다. 무슨 일로 오기와 다퉜는지, 화해를 청하며 오기가 무엇을 약속했는지 하는 것을 적어두었다. 얼마 후에는 그 메모를 꺼내 들이밀었다. 오기에게 실망했다며 오기가 전과 똑같은 잘못을 저질렀다고 따져 물었다. 다짐이나 약속이 아무 소용없다고 화를 냈다. 오기는 다시 사과하고 진심을 담아 비슷한 약속을 했다. 얼마 후에는 아내에게 똑같은 방식으로 비난받았다. 오기는 곧 질렸다.

아내는 책상 위 달력에 오기의 귀가 시간도 적어놓았다. 바빠지면서 아내와의 약속을 지키지 못하는 때가 많아졌다. 함께 저녁을 먹겠다고 했다가 자정을 넘겨 들어온 적이 여러 번이었다. 전화나 문자메시지로 충분히 양해를 구했지만 아내는 매번 화를 냈다. 그런 날이 반복되면 아내는 달력을 가져다 놓고 오기가 약속을 어긴 게 몇 번이나 되는지 보여줬고, 오기는 할 말을 잃었다.

한때 아내는 아기를 갖고자 노력한 적이 있었다. 배란일에 맞춰 주사를 맞고 약을 복용하고 진료를 받았다. 오기는 작은 방에 들어가 영상에 의지해 몇 번이고 정자를 추출했다. 인공수정에 여러 차례 실패하고 좀더 확률이 높은 시험관 시술을 시도했다. 잘 되지 않았다. 아내는 우울해했지만, 곧 이겨내는 것 같았다. 아내답게 포기와 체념이 빨랐다.

그럼에도 오기는 아내를 달래야 한다고 느꼈다. 아내가 우울과 불행을 일부러 감추는 것 같았다. 상심하는 대신 냉소를 택했는데, 그건 더 참을 수 없었다.

아내는 매사 빈정대고 조롱했다. 오기에게 속물이라고 했다. 툭하면 오기를 탓했다. 오기는 억울했다. 자신은 그저 열심히 살고 있었다. 여러 가지 경력을 쌓았고, 그러느라 일을 늘렸다. 아내는 좀처럼 몰라줬다. 서운했다. 오기는 스스로 제 삶을 꾸려가고 있었다. 그 삶에서 아내를 분리해 생각한 적은 없었다. 아내도 마땅히 그래야만 했다. 오기를 분리해 생각하지 말라는 의미가 아니었다. 스스로 제 삶을 꾸려야 한다는 뜻이었다.

장모는 아내가 쓴 것들을 모두 찾아 읽을 것이다. 딸이 그간 말하지 않은 많은 얘기들을 알게 될 것이다. 노트에서, 가지런히 모여 있는 메모에서, 군데군데 흩어져 있는 포스트잇에 적힌 글을 통해서. 장모는 오기에 대해 아내와 같은 생각을 하게 될 것이다. 같은 오해를 하고 미움을 품을 것이다. 그게 오기를 두렵게 했다.

다음 날 아침 일찍 장모가 오기의 방으로 왔다. 잠을 설친 것인지 얼굴이 초췌했다. 장모의 표정을 살폈지만 무슨 생각을 하는지 알 수 없었다. 장모는 작은 의자에 앉아 오기를 바라볼 뿐 한마디도 하지 않았다. 오기는 불안해졌다. 장모는 밤새 오기에 대해 뭘 알게 된 걸까.

장모가 깊게 한숨을 내쉬더니 침착하게 입을 뗐다.

"이젠 생각해봐야 할 때네."

장모는 알았을까. 여행이 무사히 끝났다면 장모와 오기가 더는 가족이 아닐 수도 있었다는 사실을. 하필 간병인이 없을 때 그것을 알게 되어 유감이었다. 오기는 장모 말고 누가 자신을 도울 수 있을지 재빨리 생각해보았다. 아쉽게도 마땅히 떠오르는 사람이 없었다.

"정원 꼴 좀 보게. 이게 사람 사는 집 정원인가."

장모가 드디어 화제를 꺼냈다. 정원 얘기였지만 오기는 마음을 놓지 못했다. 정원이야말로 아내의 공간이니까. 장모는 아내 이야기를 하려는 것이다.

"하지만 지금 정원이 문젠가. 문제는 그게 아니지."

물론 문제는 정원 따위가 아니었다. 중요한 건 언제나 오기였다. 오기의 회복.

"돈 말이네."

오기는 의아해졌다. 어째서 이 문제를 깊이 생각해보지 않았는지 말이다. 생각해본 적은 있었다. 오래 하지 않았다. 장모는 반지 하나 갖겠다는 것도 어렵게 입을 뗐다. 쓸데없는 곳에 헌금을 하기는 해도 돈에 있어서만큼은 깔끔하고 분별력이 있어 보였다.

"내가 계산을 좀 해봤네. 이 집하고 예금, 증권, 딸애 보험금, 자네 보험금 같은 걸…… 그걸 다 합했네."

장모가 계산기를 두들겼다.

"빚이 상당하더군. 이 집 말이야. 그걸 제하고 나면……"

장모가 한숨을 내쉬었다. 꾸준히 이자를 냈고 대출액의 많은 부분을 상환했다. 상당하다고 말할 액수가 아니었다. 남들이 살기 어렵다고 한탄하면 같이 맞장구치며 은행 빚 얘기를 떠벌렸지만 무리하면 당장이라도 갚을 수 있는 액수였다.

"이게 우리가 가진 전부네. 보이나?"

장모가 전자계산기에 숫자를 찍어 오기의 눈앞에 바짝 가져다 댔다. 오기에게는 보이지 않았다. 장모가 재빨리 계산기를 치웠고 다시 한숨을 내쉬었다.

오기는 '전부'가 얼마인지 하는 것보다 장모가 '우리'라고 한 것에 주목했다. 장모는 이 돈을 오기와 자신이 함께 쓸 수 있는 돈으로 생각하는 게 분명했다. 전부 오기가 모은 돈인데도 그랬다. 아내의 사망으로 받은 보험금도 매월 오기가 보험료를 납부해왔다.

"이번엔 매달 드는 돈을 한번 계산해보세. 자네 간병인비, 물리치료사한테 주는 돈, 목사님 기도비, 병원 통원비, 의료 장비 임대료, 진료비, 약값, 휴…… 다달이 자네가 쓰는 돈이 이게 다 얼만가. 그게 끝인가. 대출 이자, 이 집 관리비, 공과금, 기본 생활비…… 뭐 하나 뺄 게 없네. 그걸 다 합해봤더니……"

장모가 다시 계산기를 눈앞에 들이댔다.

"이만큼이나 필요해. 놀랍지 않나. 멀쩡한 두 사람이 펑펑 쓰고 살아도 이만큼은 안 쓸 텐데 말이야."

오기는 장모가 보여준 액수를 하나도 보지 못했다. 다시 보여달라고 눈짓하지도 않았다. 장모도 정확한 액수를 알려주려던 건 아니었을 것이다. 장모는 그저 오기에게 누워서 지내는 병신 주제에 한 달에 이 정도로 많이 써대고 있다고 말해주고 싶었는지도 몰랐다.

그래도 괜찮았다. 장모가 '우리' 돈이라고 생각하고 펑펑 써대도. 오기의 치료를 위해 있는 돈을 다 쓰고 빚을 져야 한대도 괜찮았다. 모든 걸 잃어도 오기는 살아 있었고, 치료를 받고 재활을 할 것이며 다시 건강해질 것이다. 그러면 학교로 돌아갈 것이다. 빨리 나아서 학교로 돌아오게. 병원으로 면회를 온 학장이 그렇게 말했다.

휠체어라도 밀게 되면 오기는 당장 강의를 나갈 생각이었다. 안면 수술을 하고 부서진 턱이 재생될 때까지 기다려야겠지만, 왼손만으로도 휠체어 바퀴를 밀 수 있을 것이다. 사지가 멀쩡한 사람들도 직장을 구하지 못해 놀고 있는 마당에, 오기는 움직일 수 없어 누워만 있는 처지에서도 돌아갈 직장이 있었다. 학교는 오기에게 정년을 보장했다. 오기는 재활을 끝내고 학교로 돌아가 정년을 채울 것이다.

손을 놀리는 일이 자유로워지면 그간 시간이 없어 미루기만 했던 한국의 고지도에 관한 책을 쓸 수도 있을 것이다. 그에 관해 이미 많은 자료를 가지고 있었다. 일본이나 유럽 등지로 출장을 다닐 때마다 도서관을 드나들며 자료를 모아왔다. 집필에 시간을 낼 수 있었다면 진작 출간되었어야 마땅한 책이었다. 여러 가지 대외 활동으로 계속 미뤄졌을 뿐이다.

예전과 마찬가지로 강연도 할 수 있으리라. 어쩌면 오기의 강연은 이제까지와 다른 방식으로 감동을 남기게 될지도 몰랐다. 사람들에게 오기의 멀쩡하던 사지가 왜 이렇게 되었는지, 그것을 어떻게 극복했는지 말해주는 방식으로. 그런 상상이 오기를 즐겁게 했다. 오기가 자신의 묵묵한 사지를 버티게 했다.

“당분간 간병비라도 좀 줄여야지 어쩌겠나.”

오기는 말도 안 된다고 소리치고 싶었다. 제 몸을 장모에게 내맡겨야 하다니, 끔찍했다. 오기는 계속 눈을 깜박였다.

“그래그래, 알고 있네. 내가 고생이지. 지금 내 나이가 몇인가. 간병하다간 골병드는 나이네.”

아니었다. 장모는 충분히 건강했다. 쇠약해져 앓고 있는 건 장모가 아니라 오기였다.

“한 푼이라도 줄여야 하네, 한 푼이라도.”

그렇게 말하고 장모는 뒤도 돌아보지 않고 방을 나섰다. 오기가 셀 수 없이 눈을 깜박였으나 아무 대꾸도 하지 않았다. 호루라기를 불었지만 문은 다시 열리지 않았다.

묵직하게 눌린 채 차와 함께 언덕을 구르는 기분이었다. 그때가 차라리 나았다. 그땐 모든 게 끝나는 줄 알았다. 두려웠지만 편안하기도 했다. 지금은 끝이 아니었다. 무엇인가 시작될 것이다. 이미 많은 일을 겪었다고 생각했는데 앞으로 더 많은 일을 겪게 될 것 같았다. 그 일들은 이제껏 치른 고통에 비할 바가 아닐 터였다.

10

정원에 있을 때 장모는 얼굴을 가릴 정도로 챙이 넓은 모자를 썼다. 팔에는 검정색 토시를 끼고 발목께에서 통이 좁아지는 바지를 입었다. 꼭 오래전의 아내처럼 보였다. 모두 아내의 옷이어서 그런 것 같았다.

오기는 왼손으로 침대 상단을 올려 반쯤 기대앉은 채로 정원에서 일하고 있는 장모를 내다보았다. 장모는 무엇을 하는 걸까. 오기가 앉은 쪽에서는 잘 보이지 않았지만 흙을 갈아엎는 것 같았다. 오래전 아내가 그랬던 것처럼 다시 정원을 가꾸려는 것이었다. 간병인을 대신해 오기를 제대로 돌보는 데 시간을 쓸 마음은 없어 보였다.

장모가 오기가 있는 방 쪽을 힐끔 쳐다보고는 굳은 표정으로 고개를 돌리고 다시 일에 몰두했다. 오기가 병원에서 의식을 차렸을 무렵의 장모는 여지 없이 상견례 자리에서 만났을 때의 장모였다. 고상하고 분별력 있었다. 요즈음의 장모는 마포 아파트에 갔을 때 본 적 있는 모습이었다. 밖에서 떠드는 아이들에게 신경질적으로 별안간 소리를 질러대던 장모 말이다.

장모가 한참 만에 일어섰다. 통증이 오는지 천천히 허리를 두드려 편 다음 멀쩡한 사지를 과시하듯 쭉 뻗고 주물렀다. 호미를 내려놓고는 집 안으로 들어와서 한동안 부엌에서 뭔가 했고, 이윽고 오기의 방으로 왔다.

장모는 위생 장갑을 끼고 오줌통을 치웠다. 간병인은 그 모든 일을 맨손으로 했는데 장모는 오기가 전염병에라도 걸린 양 쓰던 물건을 함부로 만지지 않았다. 오줌통을 치운 다음 간병인이 그랬던 것처럼 오기의 앞섶을 열었다.

오기는 왼손을 흔들어 이 일을 원치 않는다고 알렸다. 오기의 손은 장모에게 닿지 않고 허공을 휘저었다. 장모는 아랑곳하지 않았다. 오기는 다리를 오므리려고 했다. 무릎을 구부리려 했다. 당연히 그러지 못했다. 할 수 없이 힘껏 소리를 냈다. 이게 무척 불편한 일이라는 걸 알리고 싶었다. 신음처럼 들렸다.

오기의 몸을 닦아내고 튜브를 통해 유동식을 연결해주면서 장모는 끊임없이 무슨 말인가 했다. 오기는 그 말을 들으려고 귀를 기울였다. 자신에게 하는 말인 줄 알았다. 잘 들리지 않았다. 장모는 그저 계속해서 중얼거렸다. 비속어를 내뱉는 것일 수도 있겠다 싶었다. 표정이 굳었고 화가 나 보였다. 오기는 장모가 어서 화를 내기를, 자신을 돌보는 일을 포기해버리기를 바랐다. 장모는 표정이 굳기는 했어도, 처음의 우아하고 상냥한 미소를 완전히 잃었어도 큰 소리로 화를 내지는 않았다.

오기가 느린 속도로 음식물을 받아 넘기는 동안 장모는 멍하니 허공을 보고 있다가 작은 소리로 재빨리 뭔가 반복해서 중얼거렸다. 오기는 알아듣지 못했다. 식사가 끝난 후 장모가 끙 소리를 내며 일어서다 한숨을 내뱉었고, 그 소리에 섞여 혼잣말이 돌연 크게 튀어나왔다.

"다스케테쿠다사이."

오기는 그 말을 외워뒀다. 까먹지 않도록 속으로 계속

되풀이했다. 다스케테쿠다사이다스케테쿠다사이다스케테쿠다사이다스케테쿠다사이다스케테쿠다사이다스케테쿠다사이.

오후에는 구급차가 왔다. 간호조무사의 도움으로 오기는 침대에 누워 차에 실렸다. 장모가 동행했다. 장모는 구급차에 올라타 간호조무사와 좁은 자리에 나란히 앉았고, 오기의 땀에 전 머리카락을 이따금 넘겨주었다.

병원에 들어서자 마음이 놓였다. 안전한 세계에 들어온 것 같았다. 입원 당시 오기를 돌봐준 간호사들과 인사도 나눴다. 간호사들은 오기더러 얼굴이 좋아졌다고 했다. 집에 가니 좋으냐고 묻기도 했다. 장모가 미소 지으며 간호사와 오기를 번갈아 바라보았다. 오기는 천천히 눈을 깜박였다.

길고 지루한 검사가 계속되었다. 오기는 이내 피로해졌다. 장모는 내내 오기 곁을 지켰다. 오기 못지않게 피곤하고 지친 표정이었다. 검사실을 옮길 때마다 장모는 침대를 졸졸 따라왔고, 오기가 검사를 받는 동안 졸린 듯 눈을 감고 대기 의자에 앉아 있다가 다시 신발 끄는 소리를 내며 오기를 따라 다른 검사실로 이동했다.

오기는 어깨를 축 늘어뜨리고 자신을 뒤따르는 모습을

보면서 그간 장모가 몹시 늙었다는 것을 깨달았다. 병원에서 보자니 장모는 기품 있고 우아하지도, 우악스럽고 사납지도 않았다. 그저 만사에 지친 노인처럼 보였다.

3년 전 장인이 부정맥으로 갑자기 세상을 떴을 때에도 젊음을 유지하고 있던 장모는 딸을 잃으면서 팽팽하게 잡고 있던 삶의 시간을 일순 놓아버린 것 같았다. 얼핏 보면 오십대로 보이던 외모는 온데간데없어졌다. 검버섯이 얼굴선을 따라 두드러졌고 흰머리가 늘었는데 염색을 하지 않아 잿빛처럼 보였다. 이전에는 늘 단정한 무채색의 옷을 입었으나 지금은 밝은색의 가볍고 편한 옷만 입었다.

오기가 임용되었을 때 진심으로 기뻐하던 장모가 떠올랐다. 아내 말고 오기의 임용을 가장 축하한 게 장모였다. 동료에게는 거의 축하를 받지 못했는데, 기뻐하는 장모를 보자니 가족이라는 게 실감났다. 결혼하고 나서 장모는 '고아'나 '자격지심'이라는 말을 일절 입에 올리지 않았다. 아내더러 오기에게 가까운 가족이 없는 게 오히려 '잘된 일'이라고 했다. 아내가 계속되는 임신 실패로 우울해할 때 아내보다 오기를 위로하고 다독인 것도 장모였다.

오기에게 남은 가족은 장모가 유일했다. 이제야 장모도 마찬가지라는 생각이 들었다. 오기와 장모는 서로에게 유일한 가족이 되었다. 물론 아내가 있었다면 언제든 가족이 아닌 관계가 될 수 있었다. 그런 일이 일어날 뻔했다. 이제는 아니었다. 오기와 장모는 그럴 기회를 잃었다. 영영 가족으로 남을 수밖에 없었다.

장모와 오기는 가족에게나 보일 법한 모습들을 알아가고 있었다. 장모는 오기 앞에서 소리를 내지르며 간병인을 내쫓았다. 신뢰할 수 없는 종교 모임의 사람들을 잔뜩 데려왔고 굽신거렸고 돈을 갖다 바쳤다. 자주 일본어로 혼잣말을 중얼거렸다. 오기도 마찬가지였다. 제 몸을 장모에게 내맡겼다. 장모는 오기의 사타구니를 닦고 짓무르지 않도록 파우더를 발랐다. 가득 찬 오줌통을 치웠고 실변이 채워진 변기통을 물로 씻었다. 아내가 죽고 나서야 그들은 더할 나위 없는 가족이 되었다.

의사는 컴퓨터 단층 촬영 필름을 가리키며 오기에게 예후가 좋다고 말했다. 재활에 집중하면 휠체어도 탈 수 있겠다고 했다. 썩 기쁘지는 않았다. 그 말은 오기에게 아무리 좋아져봤자 휠체어에 의지해야 한다는 것으로 들렸다.

장모가 회복되고 있다는 의미인지 조심스럽게 물었다. 의사는 덤덤한 투로 하반신은 낙관하기 어렵다고 했다. 하지만 상체의 운동성과 신경 회복을 가리키는 지표는 확실히 나아지고 있다고 했다. 조만간 오른팔로 다리를 긁을 수 있을 것이라고 농담했다.

"이만큼 좋아진 건 다 장모님 덕입니다. 그렇죠, 오기 씨?"

의사의 말에 오기는 멀뚱멀뚱 천장을 봤다. 장모가 멍한 표정으로 의사를 쳐다보았다. 오기를 보지는 않았다. 오기는 의사에게서 예후가 좋다는 말을 들었던 순간의 장모를 똑똑히 보았다. 장모는 겁에 질려 있었다. 이제껏 그런 표정은 본 적 없었다. 불안하고 두려워 보였다. 자신이 정말로 오기를 낫게 한 것인지, 딸을 잃고 홀로 살아남은 사위를 저만큼이나 살게 한 것인지, 앞으로 더 나아지게 한다는 것인지, 정말 제 스스로 그렇게 한 것인지 되묻고 있는 것 같았다. 장모의 저 표정을 자주 떠올리게 될 것 같았다. 오기를 낫게 할까 봐 겁먹은 표정. 오기가 더 좋아지지 않기를 바라는 표정.

오기는 간호사에게 입 모양으로 메모지를 달라고 했다. 간호사는 알아듣지 못했다. 오기가 왼손으로 뭔가 쓰는 시늉을 하자 그제야 메모지와 펜을 주었다.

의사와 간호사는 재촉하지 않고 오기가 뭔가 써내기를 기다렸다. 심하게 떨리는 왼손으로 오기는 겨우 몇 글자를 썼다.

“더 일찍 수술, 맞아요?”

오기가 눈을 깜박였다.

“오, 좋습니다, 오기 씨. 계속 뭔가 쓰세요. 그래야 왼손이 더 튼튼해져요. 근력이 생깁니다.”

의사가 오기를 격려했다.

“이번에 수술하면 확실히 좋아질 겁니다. 말도 천천히 하실 수 있을 거예요.”

오기가 기대하는 게 그것이었다. 말을 할 수 있게 되는 것. 눈을 깜박이는 것 말고 제대로 의사소통을 하는 것. 걷는 것보다 지금으로서는 그게 더 간절했다.

“그것도 연습이 필요해요. 다시 태어난 것처럼 배우는 거죠. 아기들 말하는 데 시간이 걸리고 더디죠? 그렇지만 언젠가는 잘하게 됩니다. 당연히, 그렇게 되지요. 왼손으로 자꾸 뭔가 쓰는 연습을 하세요. 오른손도 좋아지겠지만 운동 기능을 회복한 쪽은 적응할 수 있게 계속 놀리셔야 해요. 아셨죠?”

의사가 장모에게도 오기에게 펜과 종이를 주어서 의사소통을 하게 하라고 권했다. 장모가 굳은 표정으로 천천히 고개를 끄덕였다.

"일단 봅시다, 스케줄이 되는지."

의사가 간호사와 상의했다. 시간이 좀 걸렸다.

말을 하게 된다면 오기는 간병인부터 구할 것이다. 장모가 자신을 돌보지 못하게 할 것이다. 변호사에게 물어 이럴 경우 법적 대리인을 어떻게 정하는지 상의할 것이다.

의사에게는 스케줄이 많았다. 오기를 배려하려면 예정된 다른 환자와의 일정을 바꿔야 했다. 그런 수고를 해서 하루 정도 앞당기는 게 가능하다고 했다.

"하루라도 먼저 하실래요?"

간호사가 물었고 장모가 "자네는 어떤가" 하며 오기를 쳐다봤다. 늙고 피곤한 표정으로. 오기가 영영 기억하게 될, 겁먹은 표정은 온데간데없었다.

장모는 그저 늙어 보였다. 힘들고 지친 것 같았다. 갑작스럽게 딸을 잃지 않았다면 느긋하고 우아한 노년을 보낼 수 있었을 것이다. 장모의 말대로 사위나 간병하며 보내다가는 골병이 들어 쇠약해질 게 분명했다. 그럴 나이였다.

두려움이 오기를 몰고 갔다. 장모의 지친 표정을 보면 아무래도 자신이 꼬여 있다는 것을 인정할 수밖에 없었다. 제 몸을 간수할 정도로 회복되면 오기는 연로한 장모를 도와야 할지도 몰랐다. 충분히 그럴 의지가 있었다.

11

병원에 있던 초기에 오기는 면회를 거부했다. 볼품없는 얼굴, 기껏 애써야 흘러나오는 신음 소리, 목석 같은 몸뚱아리를 누구에게도 보여주고 싶지 않았다. 그들과 다른 처지가 되었다는 게 화가 났다. 하지만 누구도 오지 않으면 더 조바심이 났다. 그 때문에 면회 온 사람들을 전부 만났다. 학장과 학과 교수들을 만났다. 동창도 만나고 한 무리의 동료도 만났다. 그들은 하나같이 오기가 있어야 할 곳을 상기시켜주었다.

조금 지나자 면회를 거부할 필요가 없어졌다. 아무도 찾아오지 않았다. 자연스러운 일이었지만 몹시 서운했다. 오기는 종종 그들이 부고를 받는 상상을 했다. 안타까워하면서도 재빨리 오기의 빈자리를 계산에 넣을 사람들이 그려졌다. 그들 때문에라도 빨리 낫고 싶었다. 몸이 딱딱하게 굳은 오기는 여전히 가진 게 있었지만, 그들은 그렇지 않았다.

그들이 어떻게 우르르 몰려오게 된 걸까. 엠이 먼저 들어섰고, 에스와 케이, 제이가 차례로 들어왔다. 네 사람이 방으로 들어서는 걸 보고 오기는 깜짝 놀랐다. 오기가 의식을 찾은 직후 그들은 서로 다른 무리에 섞여 병원으로 찾아왔지만 한 번뿐이었다. 다시 오기를 보러 오거나 병원에 전화를 걸어 간병인이나 간호사에게 회복 정도를 묻는 사람은 없었다. 누군가 병원에 문의했거나 집으로 전화를 걸어 장모의 허락을 받은 걸까. 장모는 오기를 놀라게 하려고 그간 아무 말도 하지 않았을까.

반가웠다. 그들이 여전히 자신을 그리워하고 오랫동안 만나지 않았음에도 잊지 않았다는 게 기뻤다. 그들은 오기가 침대에 붙어 꼼짝할 수 없는 처지에서도 쓸모 있는 인간이라고 믿게 했다. 한편으로 오기는 건강하고 무사하며 활기 넘치는 그들의 모습에 기운을 잃었다. 그들과 대면하는 게 내키지 않았다. 모두 당장 가주었으면 했다. 조금도 나아지지 않은 모습을 보여 유감이었다.

병원에서 만났을 때 엠은 오기의 왼손을 오랫동안 잡고 있었다. 에스와 제이는 처음에는 참더니 오기가 목소리를 내지 못하는 걸 알자 아이처럼 훌쩍였다. 케이는 놀란 표정을 숨기고 태연하려 애썼다. 오기를 가급적 쳐다보지 않았다.

"이 사람이 너무 오래 기다렸대요. 왜 이제야 왔느냐고 그러네요. 다들 보고 싶었다고요."

장모가 제멋대로 말했다. 오기는 아무 말도 하지 않았다. 턱의 보형물과 지지대를 의식했다. 함부로 그걸 벌리면 길게 침을 흘릴 것이다.

네 사람이 오기 옆에 나란히 섰다. 오기는 다소 긴장했다. 검은 옷을 입고 기도하러 온 사람들에게 둘러싸일 때와 비슷한 기분이었다. 자신을 위해 모인 사람들이었지만 왠지 놀림감이 된 것 같았다.

오기가 눈동자만 움직여도 장모가 말을 지어내 그들에게 전했다. 학교는 별일 없냐거나 학기 중이라 바쁜 시기가 아니냐는 등의 질문이 그랬다. 짤막한 문답 후에 화제가 끊기자 "당장 갈 것처럼 서 있지 말고 여기 좀 앉으시래요"라며 간이 의자를 내주었다. 이번만큼은 딱히 틀린 말도 아니어서 오기도 눈을 깜박였다.

장모는 유독 차림이 추레했다. 집에 머물면서 늘 아내의 옷을 입었는데, 오늘 따라 구겨지고 가슴께에 얼룩이 묻어 있었다. 아내에 비해 장모는 살집이 좋은 편이어서 옷소매가 짧았고 몸을 수그릴 때면 두툼한 허릿살이 비어져 나왔다.

"집은 찾기 힘들지 않았냐고 그러네요."

장모가 말했고, 엠이 와본 적 있다고 대꾸했다.

"그래요, 와본 적 있죠."

장모가 오기를 쳐다보며 중얼거렸다. 그 말 때문에 오기는 이들이 오래전 정원에서 파티를 할 때 모인 사람들이라는 걸 떠올릴 수 있었다.

장모는 뭔가 대접해야 할 텐데 집안 꼴이 이래서 도통 준비할 정신이 없었다고 사과했다. 네 사람은 당연히 괜찮다고 손사래를 쳤다.

"집에 와본 적 있으면 정원에서 고기도 구워 먹고 그랬겠네요. 술도 마시고."

"오기 선배님이 다 구워주셨죠."

에스가 말했다.

"굽는 거야 아무나 하죠."

장모 목소리가 날카로웠다.

"그나저나 어머님이 대단하시네요. 혼자서 일을 다 하시는 거잖아요."

엠이 분위기를 바꾸려고 너스레를 떨었다. 케이와 에스도 서둘러 장모를 치켜세웠다. 얼굴이 고우시다거나 젊어 보인다는 식의 말이었다.

"어머니 아니잖아요. 장모님이시죠?"

제이가 말했다. 장모가 그녀를 봤다. 엠과 케이가 다시 "장모님이면 더 대단하시네요" 하고 얼버무렸다. 장모가 크게 웃었다.

"어머니면 어떻고 장모면 어떻습니까. 이 사람한테는 똑같지요. 어차피 나뿐인데요. 안 그런가?"

오기는 장모의 시선을 피했다. 그러거나 말거나 장모가 말을 이었다.

"이 사람이나 나나 실은 똑같은 처지지요. 동병상련이오. 나는 과부고 이 사람은 홀아비니까요."

네 사람은 어색하게 미소 지을 뿐 대답하지 않았다. 농담인지 아닌지 헛갈리는 것 같았다.

"과부나 홀아비가 불쌍하기만 한 건 아니에요. 알고 보면 좋은 게 많죠. 그중에서도 과부한테 제일 좋은 점이 뭔 줄 알아요?"

장모가 사람들을 둘러보며 물었다. 말수 많은 에스도 눈치를 보며 입을 다물고 있었다.

"남편이 더 이상 바람피울 일이 없다는 거예요. 하하하. 바람피우는 남편보다야 일찍 죽는 남편이 훨씬 낫죠."

장모가 크게 웃으며 오기를 쳐다봤다. 즐겁다는 표정이었다. 오기는 눈살을 찌푸렸다. 피부가 일그러져 잘 드러나지 않을 테지만 최선을 다했다. 자신이 장모에게 동조하지 않는다는 것을 네 사람에게 알리고 싶었다.

"그럼 홀아비는 뭐가 좋은 줄 알아요?"

네 사람은 이번에도 입을 다물었다. 장모가 오기에게 "자네가 대답하면 좋을 텐데" 하고 말했다.

"아무리 오입질을 해도 바람을 피우는 게 아니라는 거예요."

장모가 다시 웃음을 터뜨렸다. 눈물을 닦아야 할 정도로 한참 웃었다. 네 사람은 멀뚱히 딴청을 피웠다.

"그나저나 미안해서 어째요. 아무것도 대접하지 못해서요."

애써 웃음을 멈추고 장모가 말했다.

"아닙니다. 괜찮습니다."

"오늘도 고기를 좀 구우면 좋을 텐데, 보다시피 정원이 저 모양이에요."

"뭘 심으시려나 봐요."

에스가 대꾸했다.

"그래야죠. 죽어버렸으니까요. 다 죽었지요, 전부 다…… 다 죽었어요. 기껏 애지중지 키워놨는데, 그만 어이없게 죽어버렸어요."

잠시 쉬었다가 장모가 말을 이었다.

"살려야지요, 내가. 내가 다 살려야죠."

"나무를 심으시게요?"

"나무요? 그래야죠."

"큰 나무를 심으시려나 봐요. 구멍이 엄청 크더라고요."

"아직 멀었어요. 더 파야 해요."

"되게 큰 나문가 봐요."

"나무가 아니에요. 연못이죠."

"연못이요? 정원에요?"

"산 걸 풀어놔야죠. 살아서 꼬리도 치고 숨도 쉬고 헤엄도 치고 그러는 걸 둬야지요."

"잉어 같은 거요? 근사하겠네요."

"산 게 근사합니까? 추접하죠. 악착같이 그 좁은 구멍에서 살려고 해댈 텐데……"

장모의 날카로운 반응에 문답을 이어가던 에스가 입을 다물었다. 오기는 에스를 향해 눈을 깜박였다. 아예 대꾸하지 말라는 뜻이었는데, 에스는 시선을 돌리고 모른 척했다. 무슨 의미냐고 묻지도 않았다. 오기를 없는 사람 취급했다.

"저런 데서도 악착같이 살아나겠죠."

"연못은 보통 정원 가장자리에……"

케이가 에스 대신 장모의 말을 받았다.

"모르는 소리 말아요. 해가 잘 드는 곳이어야 해요. 통풍도 잘되고요. 그러면 저기밖에 없죠."

장모의 날카로운 반응에 케이 역시 입을 다물었다. 잠자코 있는 게 낫다고 생각한 것 같았다.

"다들 주스 한잔씩들 해요."

"아닙니다. 오기만 보고 가면 됩니다."

엠이 손사래를 쳤다.

"꼭 대접하라고 하네요, 사위가. 그게 좋다고 해요. 맞지, 자네가 그렇게 말했지? 즐겁게 있다 갔으면 좋겠대요."

장모가 불쑥 방을 나가버렸다. 부엌 쪽에서 무엇을 꺼내는지 달그락거리는 소리가 들려왔다.

네 사람은 난처한 표정으로 서로 힐끔거렸으나 아무도 입을 열지 않았다. 곧 장모가 커다란 쟁반을 들고 들어왔다. 쟁반 위에 술병과 잔이 놓여 있었다.

"세상에. 살림을 통 돌보지 않았더니 겨우 이것뿐이네요. 주스가 다 떨어진 줄도 모르고 있었어요. 어쩌겠어요. 맹물을 대접할 수도 없고. 이거라도 한잔씩 해야지. 자, 받아요."

엠이 어색한 표정으로 장모가 내미는 잔을 받아 들었다. 어쩔 수 없이 동참해야 한다고 생각한 것 같았다. 엠을 따라 다른 사람들도 잔을 들었다.

술은 싸구려였다. 간병인의 아들이 술을 많이 마셨다고는 해도 좋은 것이 제법 남았을 텐데, 일부러 싼 것을 골라온 것 같았다. 오기가 샀을 리는 없고 술을 잘 모르는 학생들에게 선물로 받아 넣어둔 것일 터였다.

네 사람은 커다란 잔에 찰랑거릴 정도로 위스키를 받아 들었다. 장모가 권하자 어쩔 수 없이 건배도 했다. 통역을 자처한 장모는 네 사람이 난감한 표정을 지을 때마다 오기가 그걸 원한다고 강조했다.

"아가씨는 어때요? 술 잘하게 생겼네."

장모가 제이에게 물었다. 제이의 잔은 하나도 줄지 않았다.

"못합니다."

"술이 뭐 별건가요. 기분 좋게 마시면 그만이지. 그러다가 취하기도 하고, 취하면 기대기도 하고, 기대면 안기기도 하고……"

장모가 갑자기 웃음을 터뜨렸다. 모두 어색하게 따라 웃었지만 제이는 얼굴이 더욱 굳었다.

"내가 주책 맞게 뭔 소리인지 모르겠네요. 늙으면 이래요. 참지를 않아요. 말도 가리질 못하고……"

장모가 편하게 얘기 나누라며 방을 나갔다. 네 사람은 이제야 좀 안심이라는 듯 표정이 부드러워졌다.

에스가 이야기를 시작했다. 처음에는 오기에게 전해주려고 이런저런 학과 일을 화제로 꺼냈다가 이내 그들끼리 얘기를 나누었다. 오기는 자신과 상관없이 얘기를 하느라 분주한 그들을 바라보았다. 아무도 오기를 배려하지 않았다.

무슨 말인가 하려던 에스가 말을 멈추고 흠칫 놀라 오기를 보았다. 에스는 당황한 기색을 숨기지 못했다. 제이도 오기의 시선을 피했다. 결코 오기를 마주 보지 않겠다는 듯 굴었다. 오기는 눈을 크게 떴다. 에스가 하려던 말이 궁금했다. 동시에 그게 뭔지 알고 싶지 않았다. 무슨 말인지 알고 나면 속상할 게 틀림없었다.

"교수님들이 네 걱정을 많이 하셔."

케이가 난감해하는 에스 대신 순전히 화제를 돌리려는 듯 말했다. 오기는 천천히 눈을 깜박였다. 케이는 에스처럼 실수하지 않았다. 그저 하고 싶은 얘기를 했다. 자신이 오기에게 학과 근황을 알려줄 정도의 위치가 되었음을 숨기지 않았다. 에스가 하다 만 얘기를 케이가 마저 한 셈이었다.

말뜻을 이해하자마자 오기는 화가 났다. 여전히 무사하고 태평하게 굴러가는 세상에 분노가 치밀었다. 자신은 얼굴이 찢어지고 몸이 부서지고 망가져 누워 있는 동안 모두 보란 듯이 삶을 살아가고 있었다. 오기의 부상은 세상에 어떤 교란도 일으키지 못했다. 날마다 침대에 누워 오줌을 싸고 땀을 흘리며 실변을 누고 욕창을 염려하고 실제로 욕창을 앓고 약에 취해 계속 졸면서 기껏해야 천장이나 들여다보며 허송하는 건 오기뿐이었다. 그들의 삶에는 느닷없는 교통사고도, 그로 인한 장애도 결코 없을 것이었다. 하필 오기에게만 그런 일이 닥쳤다. 오기의 세상만 무너졌고, 오기의 삶만 갈가리 찢어졌다.

어색해진 분위기 탓인지 다들 잔에 든 술을 다 비우고 멍하니 앉아 있었다. 오기는 무엇이든 해야만 했다. 화만 내고 있을 수는 없었다. 네 사람은 곧 돌아갈 것이다.

오기가 제이에게 입 모양으로 종.이.라고 말했다. 왼손으로 뭔가 쓰는 시늉을 하자 제이가 가방에서 수첩과 펜을 꺼내 주었다. 오기는 손을 잡아준 제이에 의지해 수첩에 글씨를 써나갔다. 케이가 긴장한 표정으로 오기의 손끝을 보았다.

어쩐지 이 종이에 쓸 수 있는 건 단 한 번뿐일 것 같았다. 장모가 많은 시간을 오기에게 줄 리 없었다. 묻고 싶은 게 많았고 적고 싶은 게 많았는데, 그 무엇보다 먼저 떠오르는 말이 있었다. 우연히 떠오른 건 아니었다. 오기는 내내 머릿속으로 그 말을 외고 있었다.

시간을 들여 글자를 쓸 때마다 에스가 따라 읽고는 제대로 읽은 게 맞는지 오기에게 확인했다. 오기가 다섯 자를 쓰고 에스가 차례로 글자를 읽어나갔다.

"다스케테쿠다사이?"

케이가 아직 쓰지 않은 부분을 짐작해 크게 말했다. 오기는 눈을 깜박였다. 바로 그거라는 의미로 왼손 엄지와 검지를 붙여 동그랗게 만들었다.

"살려주세요? 도와주세요?"

케이가 의아한 표정으로 되물었다.

"살려달란 뜻이야. 그렇게 쓴 것 맞아?"

모두 오기를 쳐다봤다. 엠이 "그게 무슨 말이냐. 살려달라니. 조금 더 써봐" 하고 진지한 표정으로 오기를 독려했다.

오기는 쓰지 못했다. 쓸 게 너무 많았다. 장모가 내내 살려달라고 중얼거리던 게 무슨 의미인지 생각해야만 했다.

오기가 위기에 처한 걸 가리키는 것일까. 도움을 청해야 할 만큼 상황이 절박한 것을 꼬집는 말일까. 아닌 것 같았다. 그저 입에 밴 말 같았다. 왜 하필이면 늘상 저런 말을 중얼거릴까.

길게 생각할 틈도 주지 않고 장모가 방으로 들어섰다. 제이가 수첩과 펜을 얼른 가방에 넣었다.

"아이고 여보게, 손님들 계셔도 할 건 해야지 않나. 미안해요. 잠깐만 좀 기다려요."

장모는 오늘따라 위생 장갑도 끼지 않고 침대 밑의 오줌통을 꺼내 들었다. 색소를 탄 것처럼 노란 오줌이 플라스틱 통 입구에서 찰랑거렸다.

네 사람은 방 안을 떠돌던 냄새의 정체를 갑자기 알아차린 듯했지만 표정이 달라지지 않도록 주의했다. 오기는 잔뜩 찡그렸다. 너덜너덜한 피부가 제 마음을 잘 표현할 수 있을지 의문이었다. 장모가 변기에다 통을 비우고 세면대에서 요란스럽게 씻는 소리가 고스란히 들려왔다.

장모는 씻은 통을 침대 아래 내려두고 사람들이 늘어서 있는데도 오기의 바지 앞섶을 풀었다. 오기는 왼손을 들어 장모를 제지하려 했다. 장모가 한 팔로 그의 왼손을 꽉 눌렀다. 제이가 아, 하는 탄식을 조용히 내뱉고 고개를 돌렸다. 장모는 아무렇지도 않은 듯 튜브가 연결된 오기의 성기 부근을 물수건으로 한 번, 마른 수건으로 한 번 닦았다.

"아픈 사람인데 이러는 게 당연하죠, 안 그래요?"

제이가 굳은 표정으로 장모를 노려보았다. 장모는 태연한 얼굴로 그 일을 마저 했다.

오기는 앞섶이 펼쳐진 채 오줌을 누지 않도록 노력했다. 그러나 오기의 간절한 바람은 이번에도 이루어지지 않았다. 빈 통이어서 똑, 똑, 똑, 방울져 떨어져 내리는 오줌 소리가 고스란히 들렸다.

오기는 눈을 감았다. 장모는 원하는 일을 모두 마친 후에야 오기의 왼손을 놓아주었다. 네 사람은 잠자코 있었다. 아무도 입을 떼지 않았다.

"우리 그만 가죠."

한참 만에 제이가 말했다. 나머지 사람들은 오랫동안 기다려온 말인 양 서둘러 자리에서 일어서서 오기를 향해 뻔한 인사를 했다. 어서 빨리 회복하게. 자주 뵈러 올게요, 같은 말들.

오기는 잠자코 있었다. 그들을 쳐다보지 않았다. 그들이 처음 들어섰을 때 반가운 마음에 인사를 한답시고 눈을 크게 뜨고 눈동자를 굴리고 신음을 내뱉던 게 수치스럽게 느껴졌다.

장모가 문을 열어주려고 앞서 나갔다. 제이가 방을 나서려다 재빨리 되돌아와 오기의 귀에 대고 말했다.

"장모가 불러 모았어요. 나한테 전화했어요."

오기가 왼손으로 제이를 잡았다. 꽉 잡았다. 다. 시. 와. 줘. 라고 천천히 말했다. 알아들은 걸까. 제이가 고개를 끄덕였다.

더는 얘기를 나눌 수 없었다. 늑장을 부리는 제이를 데리러 장모가 다시 방으로 왔다. 장모는 막 오기에게서 떨어지는 그녀를 빤히 쳐다보았다. 그녀가 방을 나서자 장모가 오기에게 다가와 물었다.

"인사는 잘 나눴나. 언제 또 볼지 모르는데…… 내가 잘 배웅하고 올 테니 걱정 말게."

장모가 방문을 닫으려다 말고 덧붙였다.

"참, 학교에는 사직서를 냈네. 자네가 언제 회복될지 모르는데 학생들한테 못 할 일이지 않은가. 애들도 이제 제대로 된 선생한테 배워야지."

장모가 소리 나게 문을 닫아버렸다.

오기는 창을 통해 사람들이 대문을 나서는 것을 지켜보았다. 네 사람이 집을 나간 후 철문은 굳게 닫혔다.

장모는 곧장 안으로 들어오지 않고 여기저기 구멍이 파여 있다는 정원을 찬찬히 둘러보았다. 그러다가 뒤를 돌아 오기가 있는 쪽을 보았다. 어둠이 장모의 얼굴을 새까맣게 그을려놓았다. 장모는 잠시 그렇게 선 채로 오기를 노려보았고, 이내 아내와 오기가 깔아놓은 포석을 어린애처럼 뛰어 밟으며 집 안으로 들어왔다.

집에는 오기와 장모만 남았다. 앞으로 오랫동안 그럴 것이었다. 장모는 많은 걸 알고 있었다. 자신이 알고 있다는 걸 오기에게 숨기지 않았다. 어쩌면 아내가 안다고 믿었던 걸 모두 알게 되었을 수도 있었다. 문제는 오기가, 도대체 아내가 알고 있던 게 뭔지 잘 모른다는 것이었다.

12

아침부터 인부들이 정원으로 몰려왔다. 얼마 후 그들이 대문 쪽에서 모습을 드러낼 때에야 오기는 본채 옆에 심어 둔 녹나무가 뽑혔다는 것을 알았다. 좁은 정원에는 그다지 어울리지 않는다고 조경원 주인이 충고한 나무였다. 그럼에도 아내는 고집을 꺾지 않았다.

본채 왼편에 자리 잡은 나무는 조경원 주인 말대로 무척 울창했으나 부드럽게 휘어진 가지의 선이 직선으로만 이루어진 본채와 제법 잘 어울렸다. 우려와 달리 나무는 잘 자랐고 다복하고 부드러운 녹색의 잎을 부지런히 냈다.

인부들은 그 나무를 대문 옆으로 옮겨 심었다. 녹나무 옆에는 백목련 두 그루를 가지가 맞닿을 정도로 바짝 붙여 심었다. 녹나무만큼은 아니지만 백목련도 둥치가 굵고 가지가 울창했다. 식재를 잘 모르는 오기가 보기에도 이상한 방식이었다. 생장을 위해 나무를 이식한다기보다 본채를 가리려고 옮겨 심은 것 같았다.

나쁘게만 생각하는 것일 수도 있었다. 대문 옆에 커다란 유실수를 심는 일은 시골에서는 흔했다. 장모가 정원을 가꾸는 방식이 아내와 달라서 어색해 보이는 것일 수 있었다.

그렇게 생각하려고 해도 잘 되지 않았다. 장모는 그저 담을 쌓는 것 같았다. 낮은 철책 너머로 정원을 들여다보던 사람들도 이제는 나무 둥치나 보게 될 것이다. 무엇보다 오기에게는 나무밖에 보이지 않을 것이다. 지나다니는 동네 사람들을 멀리서나마 지켜보는 일도 못할 것이다. 과일이나 채소를 팔러 온 용달차와 그 주변으로 모여드는 이

웃도 구경할 수 없을 것이다.

인부들이 돌아간 후에도 장모는 계속 정원에서 무엇인가를 했다. 오기가 내다보는 창에서는 장모가 어디 있는지, 무엇을 하는지 잘 보이지 않았다. 간간이 소리만 들렸다. 굳은 땅을 날카로운 것으로 두드리는 소리, 흙을 퍼 올리는 소리, 삽으로 땅을 내리치는 소리 같은 것들.

어떤 때는 아무 소리도 들리지 않았다. 장모가 정원을 떠난 건가 싶을 정도로 조용했다. 그럴 때면 장모가 집 안에 있는가 싶어 더욱 귀를 기울였다. 집 안 어디에서 무엇을 하고 있을지 궁리했다. 그런 오기를 비웃듯 이내 정원 쪽에서 다시 소리가 들려왔다.

물리치료사에게 현관문을 열어줄 때의 장모는 꼭 아내처럼 보였다. 아내가 정원 일을 할 때 입는 옷을 입고 모자를 쓰고 삽을 들고 있어서였다.

물리치료사가 방으로 들어오자마자 오기는 입을 오물거렸다. 종이와 펜을 달라고 했다. 음성을 내려고 하면 실패했지만 입 모양만으로 말하니 그럭저럭 통했다. 장모에게는 써먹지 않았다. 장모는 언제나 자기 식으로 대꾸했다.

'병원에 가고 싶어요.'

"병원이요?"

오기가 눈을 깜박였다.

"왜요? 어디가 불편하세요?"

이번에도 깜박였다. 그래야 물리치료사가 무슨 말이든 할 것이고 그중에 오기가 하고 싶은 말이 있을 수도 있으니까.

"그렇지 않아도 어르신께 그렇게 말씀드렸어요. 제가 더 자주 와야 한다고요. 재활이라는 거요. 지금처럼 어쩌다 한두 번 이렇게 해서는 절대 안 되거든요. 좋아지질 않아요. 사실 사장님도 그러시죠? 별로 나아지는 기분이 안 드시잖아요. 그렇죠?"

오기가 고개를 끄덕였다.

"그런데 어르신이 좀 망설이시는 것 같아요."

오기가 바라는 게 그것이었다. 장모에 관한 이야기.

"사실 제 출장비가 좀 비싸거든요. 싸게 해드리고 싶어도 제가 경력이 많고 성실하다고 소문이 나서 가격이 좀 높아졌어요. 제 맘대로 막 싸게 해드리고 그러면 안 되거든요. 여기도 다 정해진 룰이 있어요. 싸게 해드리면 나중에 동업자들한테 욕을 먹어요. 그게 어떻게 소문이 나겠냐 그러시지만 희한하게 다 알게 되거든요. 이게 다 알음알음으로 하는 일이어서 그래요. 소개하시면서 꼭 가격도 말씀하시거든요. 제가 특별히, 그 댁에만 그 가격에 해드린 건데 그걸 몰라주세요. 전 그런 게 진짜 서운해요."

오기는 다시 입 모양으로 병.원.이라고 말했다.

"그렇죠. 사장님은 그렇게 생각하실 수 있어요. 물론 병원에서 기구를 이용해서 재활 훈련을 하면 좀더 빨리 나을 수 있어요. 하지만 그건 사장님이 병원에 계실 때 다 하신 거예요. 거기서 물리치료 받아보셨잖아요. 환자는 열 명이나 되는데 봐주는 사람은 달랑 두 명이잖아요? 그건 정말 안 돼요. 아프신 분들은요, 진짜 예민하거든요. 다 다른 이유로 아프시고요. 한 분 한 분, 재활 부위가 다 다르잖아요. 제가 오늘은요, 핸드롤을 가져왔어요. 지금 사장님은 오른팔 근육이 허약해서 이런 도구를 꼭 쓰셔야 해요. 지난번에 발에 보조기 달아드린 것도 기억하시죠? 그게 관절 운동할 때 체위를 유지하려면 꼭 필요하거든요. 이런 거는요. 티 나지 않지만 디테일한 거죠. 많이 해본 사람만 쓸 수 있어요. 그런데 병원은 안 그렇거든요. 아시잖아요. 사장님 재활하시다가 허벅지 막 터지고 그러셨죠? 그러면 안 되죠. 그 물리치료사가 진짜 잘못한 거예요. 사장님 같은 분은요, 관절에 감각이 없기 때문에 심하게 운동을 하면 인대가 늘어나요. 심지어 병도 생겨요. 이소성 골화증이라는 게 그 병이에요. 제가 사실 늘 사장님 걱정을 하거든요. 올 때만 생각하는 게 아니고요. 오기 전에는 뭘 해드려야 할까 생각하고, 돌아갈 때는 다음엔 뭘 해드리자, 이렇게 생각해요. 사장님은 상반신 강화 운동을 계속하셔야 해요. 그렇다고 하반신을 아예 포기했다는 건 아니고요. 오해 마세요. 될 놈부터 되게 한다는 뜻이에요. 그래서 제가 승모근, 활배근, 목 근처 근육, 이런 부위에 계속 운동을 시켜드리는 거예요. 그러니까 고개 움직이는 것도 전보다 더 편해지셨잖아요. 그렇죠? 자꾸 병원, 병원 그러시면 제가 되게 서운해요. 병원에 자주 가시면 돈도 많이 들어요. 매번 차 예약해야죠, 간호조무사 따라와야죠. 되게 번거롭죠. 사실 그렇게 드는 돈보다야 제가 싸게 먹혀요."

오기는 길고 지루한 그의 말을 다 들어야 했다. 그게 아니라고 왼손을 흔들거나 고개를 저어도 소용없었다. 그는 고집 세게 오기의 의사 표현을 일축했다.

"그렇지 않아도 사장님이 통 회복되지 않아서 제가 걱정을 많이 했어요. 낫게 해드려야 하는데, 계속 힘도 없으신 게 다 제 책임 같았어요. 이래 봬도 제가 책임감이 되게 많거든요. 한번 맡은 환자분은 끝까지 책임을 져요. 제 맘 같아서는 사장님을 당장이라도 벌떡 일어나게 해드리고 싶죠. 정말이에요."

오기는 물끄러미 그를 보았다. 말을 할 수 있다면 고맙다고 말했을 것이다. 그는 오기를 무시하지 않았다. 오기를 설득하기 위해 최선을 다하고 있었다. 오기가 결정권을 가진 것처럼 생각해줬다.

"제가 마음에 안 드시면 얘기해주세요. 관절 운동이 사실 아프실 수가 있어요. 사장님 같은 경우에는 아무 감각이 없으니까 제가 잘하는지 못하는지 잘 모르실 수도 있고요. 일단 절 믿으셔야 해요. 마사지도 아프고 세게 하면 안 돼요. 요령 있게, 힘 안 줘서, 살살 하는 것 같지만 기술적으로 해야 돼요. 제가 그렇게 하고 있어요."

물리치료사는 숫제 애걸했다.

오기는 다시 종이를 달라고 했다. 물리치료사가 얼른 수첩을 펼쳤다. 오기는 조바심이 났다. 그는 지금으로서 오기가 만날 수 있는 유일한 사람이었다. 오기는 이번에는 '장모 이상'이라고 썼다. 네 글자를 쓰는 데에도 오래 걸렸다. 물리치료사는 '이상'이라는 글씨를 해독하지 못해 고개를 갸우뚱했다.

"장모 미상? 이상? 미싱? 뭐라고 쓰신 거예요?"

오기가 입 모양으로 말했다.

"아, 이상이오. 장모 이상. 어쩐지……"

오기는 조금 마음이 놓였다. 물리치료사는 장모가 이상한 짓을 벌이는 걸 알고 있는 것 같았다. 그는 비교적 정기적으로 방문했고 매번 두 시간씩 머물렀다. 점점 어둡게 변해가는 오기의 집과 방치되는 오기를 보고 남다른 느낌을 받았을 것이다.

"진짜 좀 이상했어요."

오기는 고개를 끄덕였다.

"모르셨죠? 마당에요. 엄청 큰 구멍을 파고 계세요. 여기서도 보이려나?"

물리치료사가 창가로 갔다. 몸을 최대한 오른쪽으로 붙여 서더니 "여기서는 잘 안 보이네요. 구덩이요. 엄청 큰데……" 하고 말했다.

모두 구덩이에 대해 이야기했다. 구덩이가 얼마나 크고 깊은지, 장모가 그것을 얼마나 열심히 파고 있는지.

"요새 정말 이상하세요."

물리치료사가 그 정도라도 알아주는 게 고마웠다.

"맨날 저거만 하시는 거 같아요. 좀 쉬셔야 할 텐데…… 아까도 들어올 때 보니까 땀을 막 뻘뻘 흘리면서 땅을 파고 계셨어요. 아시죠? 요새 어르신 몸도 되게 마르셨거든요. 건강에 이상이 온 걸 수도 있어요. 꼭 저렇게 땀을 쉴 새 없이 쏟는 노인들이 탈이 나요."

오기가 그게 아니라고 손을 내저었다. 물리치료사는 딴 데를 보고 있었다.

"사장님이 어르신 걱정을 하고 계셨구나. 병원에 가셔야 할 거 같다고 생각하시죠? 제가 다 말씀드릴게요. 사장님이 무척 걱정하고 계신다는 말씀요. 저도 어르신한테 그러지 마시라고 했어요. 인부를 쓰셔도 되니까요. 정 뭣하시면 저한테 부탁하셔도 되고요. 저야 시간 단위로 돈을 받지만 사정을 말씀하시면 그 정도는 깎아드릴 수 있거든요."

오기는 한숨을 쉬고 싶었다. 공기를 모두 빼내어 허파를 편평하게 만들고 싶었다. 제 몸에서 숨을 다 없애고 싶었다.

"어떻게 저 정도 크기의 연못을 직접 만드시려는지 모르겠어요. 저렇게 무리하시다가 큰일 나요. 제가 볼 때는 사장님보다 더 위험해 보이세요. 어르신들은 갑자기 큰일 당하고 그러시잖아요."

물리치료사가 천천히 오기의 몸을 마사지했다. 오기는 고목 같은 제 몸을 내려다보다가 왼팔을 들어 이로 꽉 물었다. 아프지 않았다. 더 물었다. 계속 물고 있었다. 아무리 해도 턱에 힘을 줄 수 없었다. 이번에는 왼팔로 침대 난간을 내리쳤다. 아팠다. 좀더 세게 내리쳤다. 물리치료사가 깜짝 놀라서 말리지 않았다면 오기는 뼈가 부러질 때까지 팔을 내리쳤을지도 몰랐다. 팔뚝이 빨갛게 부어올랐다. 그게 좋았다. 몸이 통증을 느끼고 아픔에 반응한다는 것이. 고작 그 정도가 자신이 느끼는 고통의 전부라는 것이.

돌아가는 길에 물리치료사는 정원에서 장모와 얘기를 나눴다. 그는 공손하고 환한 얼굴로 장모를 대했고 자주 허리를 구부려 인사했다. 종내는 수첩을 꺼내 오기가 쓴 글씨를 보여주었다. 장모는 그것을 보더니 물리치료사가 떠드는 동안 오기가 있는 방 쪽을 쳐다보았다.

장모가 집 안으로 들어서는 소리를 듣고 오기는 크게 숨을 내쉬었다. 장모가 대뜸 오기의 방으로 들어와서는 불도 켜지 않고 옆으로 다가왔다. 어둠이 장모의 덩치를 키웠다.

"고맙네."

장모가 갈라진 목소리로 말했다. 어둠 속에서 보니 팔자주름 아래로 둥그스름한 살이 길게 늘어져 있었다.

"자네가 내 생각을 이리 해주는 줄 몰랐네. 몸이 상할까 봐, 제 명대로 못 살까 봐 그러나? 그 꼴이 되어서도 내 걱정이라니, 고맙네. 그래도 그런 얘기는 나한테 직접 해야지. 그래야 더 고마웠을 것 아닌가. 이게 뭐라고 쓴 겐가."

장모가 구겨진 종이를 오기의 눈앞에 들이댔다.

"장. 모. 이. 상. 맞나?"

장모는 어둠 속에서 조용히 오기를 노려보았다. 오기는 얼마 전부터 내내 속으로 중얼거리던 말을 연거푸 외워댔다. 다스케테쿠다사이다스케테쿠다사이다스케테쿠다사이.

"남들이 보면 딱 오해하기 좋네. 장모가 이상해졌다는 건지, 장모가 이상하게 군다는 건지, 구별이 안 되지 않나. 장모가 이상한 거면 몸이 이상하다는 건가, 정신이 이상하다는 건가. 도통 알아먹을 수가 없네. 자넨 아직도 모르나. 내가 바라는 게 뭔지. 자네가 회복하는 거. 그거 말고 뭐가 있겠나. 내 딸이 그걸 바랄 걸세. 나는 그걸 할 거고. 내 딸이 못한 거, 내 딸이 하려던 거, 내 딸이 하고 싶어 한 것, 그걸 내가 다 해야 하니까. 내가 다 할 걸세. 자네도 알다시피 나한테는 딸뿐이었네."

장모가 비약적으로 이야기를 끌고 나가더니 결국 울음을 터뜨렸다. 어린애처럼 큰 소리를 냈다. 장모가 눈물을 보인 건 오랜만이었다. 오기는 미안해졌다. 그저 딸을 여읜 노인의 주책을 오해한 걸까. 어떤 때 장모는 지나치게 허약하고 건강이 쇠한 노인처럼 보였다. 오기가 의심을 하고 적의를 느끼는 게 부당해 보일 정도로. 지금이 그랬다.

하지만 대부분은 그렇지 않았다. 오기가 두려움과 불안을 느끼는 게 당연한 듯 굴었다. 결코 오기의 회복을 바라지 않는 것 같았다. 물리치료사는 휠체어를 사용하라고 했다. 왼팔의 근육과 더불어 오른팔의 기능을 회복하려면 힘들더라도 양손 운동을 지속해야 한다고 했다. 장모는 오기가 휠체어 쓰는 일을 반대했다. 집 안에 휠체어의 진입을 막는 턱이 많으며 자신이 휠체어에 오기를 앉히거나 데리고 밖으로 나가기는 체력적으로 무리라고 했다. 물리치료사는 납득했다. 오기는 침대를 벗어나지 못했다.

장모는 물리치료사가 가르쳐준 마사지 방법도 사용하지 않았다. 욕창을 방지하거나 근육을 풀기 위한 것이었는데, 아무래도 팔 힘이 약하고 정확한 마사지가 안 된다고 했다. 물리치료사는 그럴 수 있다고 했다. 교육을 받은 간병인의 몫이라고 했다. 간병인은 새로 오지 않았다. 아마도 계속 오지 않을 것이다.

장모는 자주 식사 시간을 잊었다. 약도 거의 주지 않았다. 아침에 한 번 유동식을 주고 밤늦게야 오기를 들여다 볼 때도 있었다. 그럴 때면 하루 종일 일을 않고 있었더니 배고픈 줄도 모르겠다고 크게 혼잣말했다. 오기가 들으라고 하는 말이었다.

오기는 장모가 눈물을 멈추고 다시 사나운 표정으로 자신을 노려보는 걸 지켜보면서 잠시 미안한 마음을 품은 걸 후회했다.

"나한텐 딸뿐이고, 자네한테는 나뿐일세. 그걸 알아야 하네."

장모가 쏘아붙이고는 그대로 방을 나가버렸다.

오기는 어둠에 잠긴 천장을 바라보며 제이가 다시 올지 모른다는 것을 생각했다. 제이는 약속했고, 약속한 것을 잘 지켜왔다. 게다가 며칠 후면 수술을 받으러 병원에 갈 것이다. 병원에 가면 간호사에게 도움을 받아 제이에게 전화를 할 것이다. 제이라면 여전히 오기를 도울 것이다. 변호사의 자문을 얻어 새로운 법적 대리인을 세울 수 있으리라.

그런 일은 벌어지지 않았다. 제이는 오지 않았다. 오기는 하루 종일 창밖을 쳐다보며 대문 가까이 다가오는 기척을 지켜봤다. 지난 며칠간 대문을 드나드는 사람은 간혹 슈퍼에 가는 장모뿐이었다.

제이는 오기의 말을 잘 알아듣지 못했는지도 몰랐다. 언제쯤 다시 가야 할지, 누구와 함께 갈지 궁리하고 있을 수도 있었다. 그렇게 생각하는 게 오기를 안심시켰다. 제이가 오지 않는다고 생각하면 참기 힘들었다.

입원 예정일이 되었는데 오기를 병원으로 실고 가려는 차도 오지 않았다. 나무로 가려진 대문 밖 도로에 차가 지나가는 소리만 들려도 기분이 좋아졌다가 차가 그대로 지나가버리면 실망하는 일을 하루 종일 반복했다. 어떤 차도 집 앞에 멈추어 서지 않았다. 자정이 넘도록 누구도 오지 않았다. 촘촘히 세워진 나무 사이로 차들이 내뿜는 불빛이 간간이 스며들었지만, 오기를 태우러 오는 차의 불빛은 아니었다.

다음 날 오후가 되어서야 장모가 위생 장갑을 끼고 오줌통을 비우러 왔다. 오기는 입 모양으로 병. 원. 이라고 말했다. 장모는 한참 동안 오기를 내려다보았다. 오기는 다시 병원이라고 또박또박 입을 뗐다.

"자네가 실망할까 봐 말을 못 했네. 의사 선생님이 사고를 당하셨어. 교통사고. 세상에, 의사들도 그런 일을 당한다니 놀랐지 뭔가. 들어보니 의사들도 암에 걸리고 치매도 걸리고 그런다네. 하긴 당연한 일이지. 병이 직업 따라 오는 것도 아니고. 상상해봤나. 의사가 치매에 걸리는 거. 치매에 걸린 줄도 모르고 환자를 진료하고 있다고 생각해보게. 끔찍하지. 자네도 알다시피 주치의는 함부로 바꾸는 게 아니네. 그래도 뭐, 교통사고긴 하지만 심한 건 아니라고 하셨어. 자네처럼 누워만 있어야 하는 건 아닌 모양이야. 하지만 치료가 필요하시대. 당연히 당분간 진료를 못 하실 거야. 전치 12주라네. 그동안 수술도 할 수 없는 형편이겠지. 덜덜 떨리는 손으로 칼을 들 수는 없지 않나. 누구 죽일 일 있나. 그래서 내가 괜찮다고 했네. 자네 수술을 좀 미루자고 말이야. 어차피 생명이 경각에 달린 일은 아니니까. 한시바삐 수술을 해야 겨우 목숨을 건질 수 있는 그런 건 아니지. 어차피 지금 수술을 받지 않아도 자네는 살아 있을 걸세. 12주 후에도 살아 있을 테고. 안 그런가. 수술이 늦어져도 죽지 않고 살 수 있다니, 얼마나 다행인가."

오기는 그런 식의 우연이 가능한지 따지고 싶었다. 말할 것도 없이 가능했다. 실제로 벌어진 적 있는 일이었다. 하필 오기에게 또다시 그런 일이 벌어졌다는 게 믿기 힘들었지만.

오래전 그런 일이 있었다. 두번째 시험관 시술을 앞두

고 주치의가 교통사고를 당했다. 아내는 병원의 권고로 담당의사를 바꾸었다. 일정대로 시술을 강행했으나, 실패였다. 게다가 아내는 시술 과정에서 몹시 불쾌한 경험을 했다. 의사는 경솔하게 말하는 타입이었고 아내는 심한 모욕감을 느꼈다. 그 이후 아내는 더 이상 시술을 받지 않았다. 아기를 포기한 셈이었다. 아내가 장모에게 그 얘기를 해주었을 것이다. 아내는 상심했고 불임이 자기 탓이 아니라고 말하고 싶어 했다.

"물리치료사 말이네. 내가 당분간 오지 말라고 했어. 말이 너무 많은 사람이야. 시간 단위로 돈을 받으면서 내내 입으로만 떠드는 걸 여러 번 봤어. 참아주는 것도 한두 번이지. 시간만 때울 모양인데, 어림없네. 믿음직한 사람으로 다시 찾아야지 어쩌겠나."

간병인을 내보낼 때도 장모는 그렇게 말했다. 다시 찾아보겠다고. 그러나 누구도 구직을 위해 찾아오지 않았고 장모 역시 구인하지 않았다.

오기는 간병인에 이어 물리치료사를 잃었다. 잃은 게 그뿐인 것은 아니었다. 모두 잃게 될 줄도 모르는 채, 얼마나 오래전부터 인생에 헌신해온 걸까.

13

창 앞에 매달린 사내가 오기를 보고 깜짝 놀랐다. 방에 아무도 없다고 생각한 모양이었다. 오기는 사내가 방범창을 덧씌우는 것을 멍하니 지켜보았다. 흔한 격자형 창살이었다. 창살 간격이 촘촘했다. 장모는 만일의 경우 오기가 창으로 탈출을 시도할 수 있다고 생각한 걸까. 그 생각은 몹시 불쾌했지만 왜 이제껏 그런 생각을 한 번도 해보지 않은 건지 후회하게 했다.

사내가 돌아가자 이번에는 장모가 창 앞에 나타났다. 장모는 오기의 창 아래로 아무렇게나 늘어져 있던 덩굴들을 창살에 감았다. 요즘 같은 기후라면 오기의 창은 금세 덩굴로 뒤덮일 것이다.

창마저 빼앗기고 나면 오기에게 남는 것은 익숙하고 냄새나는 이 방이 전부였다. 오기는 방을 둘러보다가 사이드 테이블에 전화기 대신 무엇인가가 놓인 것을 보았다. 푸른 빛이 도는 자기 두 개가 나란히 놓여 있었다. 어제까지만 해도 없던 것이었다. 간밤에 장모가 슬그머니 들어와 두고 간 모양이었다.

오래전에 실수한 적이 있지만 이제는 보자마자 그게 뭔지 알아차렸다. 장모 집에 있던 것과 같은 것인지 모르겠지만 형태는 비슷했다. 굴곡 없는 원형 몸통에 뚜껑이 덮인 푸르스름한 자기였다.

자기야, 저거 자기 아냐. 농담하던 아내 목소리가 들리는 것 같았다. 오기는 그 말을 따라해보았다. 헛헛한 바람소리가 짧은 탄식처럼 새어 나왔다. 그런 농담을 주고받을 때만 해도 오기에게는 자신 외에 또 다른 '자기'가 있었다. 아내에게도 마찬가지였다. '자기'라고 부르는 일은 몹시 낯간지러웠지만 그렇게 부르고 나면 자신과 아내가 섞이는 것 같았다. '자기는 도대체 왜 그래'라는 말은 오기와 아내가 즐겨 쓴 말이었다. 이 어리광 섞인 타박은 상대에게 하는 말이라기보다 서로에게 하는 말이었다. 아내나 오기는 스스로를 탓할 때도 그 말을 썼다.

여행지로 출발할 당시의 다정하고 예의 차린 말들은 갈수록 줄어들었다. 아내는 차 안을 채운 침묵이 오기 탓이라고 생각하는 것 같았다. 처음에는 그저 못마땅한 기색을 드러내는 정도였는데 갈수록 화를 냈다. 오기도 어느 순간 참지 못했다. 아내가 그만 헤어지자고 해서였다. 오기는 그러지 않겠다고 단호히 말했다. 그들이 헤어진다고 해서 이득을 볼 사람은 없었다. 오기는 그걸 알았고 아내도 모르지 않았다.

아내가 바라는 게 그것이었을까. 그저 오로지 오기를 화나게 할 목적으로 자신이 알고 있는 것을 얘기하기 시작한 걸까. 아내는 오기의 모든 걸 잃게 만들 작정이라고 했다. 자신이 그렇게 할 거라고 했다. 아내는 충분히 그렇게 할 수 있는 사람이었다.

그러나 아내는 그렇게 하지 못했다. 오기 스스로 그렇게 했다. 교통사고 당한 일을, 그 사고로 회복할 수 없는 중상을 입은 걸 말하는 게 아니었다. 훨씬 이전부터, 어쩌면 인생이라는 걸 어렴풋이 안다고 생각하면서부터 삶을 살아온 동시에 잃어온 것인지도 몰랐다. 간혹 그런 기분이 들었다. 매사 충실했지만 계속해서 무엇인가를 잃어가는 기분. 그래서 더 악착같이 굴 때가 있었다.

오기는 확실히 해두고 싶었다. 제이와의 일을 모두 부인했다. 아내는 그저 떠보는 것일 수도 있었다. 하지만 아내가 알고 있는 게 있었다. 몇 곳의 호텔 이름을 대며 의기양양한 표정을 지었다. 오기에게 드디어 자백을 받으리라 생각하는 것 같았다. 제 확신이 틀림없음을, 의심이 무용하지 않았음을 기뻐하는 표정이었다. 그 표정을 마주하고도 계속 변명을 해대자니 무기력해졌다. 오기는 어쩔 수 없이 제이와는 이미 오래전에 끝났다고 털어놓았다. 그런 일이 다시 생기지 않을 거라고 다짐했다.

오래전의 이별을 뒤늦게 수습하는 상황이 허탈하기만 했다. 제이와의 일은 오기가 손쓸 수 없는 과거의 일이었다. 명백히 오기의 삶이었지만, 오기는 과거의 제 삶으로부터 골탕을 먹는 기분이었다.

아내는 이전에도 여러 차례 제이에 관해 말하곤 했다. 오기는 처음에 주의 깊게 듣지 않았다. 우연히 만나 식사한 일이나 같이 지방의 학회에 다녀온 것은 해명할 일이 아니었다. 비밀이어서가 아니라 아내가 언젠가부터 제이를 의식한다는 걸 알았기 때문이었다. 말을 하지 않았는데도 아내가 자연스럽게 알게 되었다. 다른 얘기를 하다가 무심코 제이 얘기가 섞일 때가 있었다. 비밀이 아니어서 감추지 않았다. 그럴 때면 아내는 계속 캐물었다. 오기가 다른 걸 숨기는 건 아닌지 의심했다. 오기는 매번 둘러대는 기분을 느꼈고, 아내에게 더 말하기 힘들어지는 얘기들이 생겼다.

아내가 좀더 노골적으로 제이를 의심한 것은 정원에서 파티를 한 다음 날부터였다. 아내는 그날 거실에서 제이와 오기를 보았다고 우겼다. 제이가 취했고 오기가 그녀를 부축해 거실로 데려갔다. 오기는 몰랐지만 술을 가지러 아내도 그들을 뒤따라왔다. 오기는 아내가 뒤에 서 있는 줄 모르고 제이가 소파에 눕도록 도왔다. 제이와 오기 사이에는 오랜 우정과 동료애로 빚어진 친숙함이 있었다. 오기는 그것을 다른 감정으로 오해할 때가 있었고 종종 제이에게서도 같은 느낌을 받았다. 소파에 누운 제이가 곧 눈을 감았다. 오기는 밀려 올라간 제이의 재킷을 반듯하게 내려주었다. 그냥 나올 수도 있었지만 잠시 서서 그녀가 자는 걸 지켜보았다. 어떤 감정이 일렁였고, 뭔가 말하고 싶었으나 그러지 않았다. 그게 다였다. 오기는 곧 사람들이 모여 있는 정원으로 나갔다.

아내는 그가 제이를 안고 키스했다고 주장했다. 오기는 웃었다. 그런 일은 없었다. 느닷없던 아내의 횡포, 정원의 흙을 파헤치고 오기의 동료들, 특히 제이를 멸시하는 말을 함부로 내뱉고 오기에게 무작정 비난을 퍼부어대던 분노와 변덕이 아내의 오해에서 비롯되었다는 걸 알고 나자 허탈해졌다. 그 무렵 아내는 그럴 만해서 화를 내는 것이 아니라 갑자기, 제어할 수 없이, 격렬하게 화를 냈다.

아내는 상상한 것을 보았다. 혹은 미래를 보았다. 아내가 목격했다고 주장한 일은 그날 일어나지 않았다. 실제로 그 일이 일어난 건 그날로부터 한참 지나서였다.

"당신이 잘못 본 거야."

오기는 거듭 말해왔다. 그날 있었던 일, 오기가 한 일, 제이가 한 일을 기억나는 대로 말했다. 거짓말을 할 필요는 없었다. 아무 일도 일어나지 않았으니까. 그런데도 허울 좋은 거짓말처럼 느껴졌다. 하지 않은 일은 분명했지만 세부적인 것이나 순서에 있어서 오기의 기억은 말할 때마다 조금씩 달라졌다. 그럴 수 있었다. 하지만 아내는 제 기억도 그럴 수 있다는 걸 받아들이지 않았다.

그날 아무 일이 없었다는 오기의 말을 아내는 믿지 않았다. 오기가 더 얘기하기도 지칠 즈음에야 알겠다고 고개를 끄덕였다. 오기를 믿는 게 아니라 지켜보겠다는 뜻 같았다.

생각해보면 오기는 아내에게 줄곧 의심받았다. 아내는 오기를 무책임하다고 생각했고, 지속적으로 누군가에게 연인 관계를 원한다고 주장했다. 자주 오기에게 이전과 달라졌다고 했고 무턱대고 실망했다고 말했다. 오기가 명성을 쌓는 데 몰두해 가족을 돌보지 않는다고 비난했다. 오기를 속물이라고 단정하며 눈살을 찌푸릴 때도 있었다. 오기의 손을 뿌리쳤고 다가가면 멀찍이 물러섰다. 그런 일들이 오기를 얼마나 비참하게 하는지 아내는 몰랐다. 후에 제이를 안고 나서 오기는 내심 그런 아내 탓을 했다.

아내의 생각대로 제이를 만나기 시작했지만 관계를 오래 이어나가지 못했다. 제이 역시 이내 오기에게 실망했다. 오기 잘못이었다. 오기가 사과하고 매달렸지만 소용없었다. 오기는 상심했다. 여전히 제이를 사랑했다. 제이 때문에 견디게 되는 것들이 있었다. 한편으로는 그런 기분이 드는 게 놀라웠다. 이 나이에도 사랑 때문에 고통스럽다는 게 생소했다. 스스로 젊다는 환상에 빠졌다. 사랑을 잃고 상처를 받았다는 게 그 증거였다.

오기는 힘들고 지쳤지만 제이 없이도 삶이 계속되어야 한다는 걸 금세 받아들였다. 사랑을 잃어도 세상은 조금도 흔들리지 않았다. 제이와 함께한 부분이 사라지면서 공동이 생겼는데도 그랬다. 그 공동은 어떤 것으로도 메울 수 없으리라. 그러나 그것과 상관없이 오기의 세상은 그럭저럭 굴러가리라.

인간은 그런 식의 빈구석을 가질 수밖에 없고 그것이야말로 내면의 진실일지 모른다는 얘기를 오기는 수업 시간이나 강연 때 자주 써먹었다. 바빌로니아 지도를 설명할 때면 그랬다.

인류 최고(最古)의 지도인 바빌로니아 세계지도는 중심에 원이 뚫려 있었다. 학자들에 의해 컴퍼스로 지도에 원을 그리다가 생긴 구멍이라는 게 밝혀졌다. 오기는 돌에 새겨진 세계의 기하학적인 형상보다 그 구멍에 매혹되어 대영박물관의 어두운 전시실에 오래 머물렀다. 그 좁고 검은 구멍은 이제는 찾을 수 없는 한 시대의 기억처럼 깊었다. 사라진 시대와 만나려면 저 구멍에 닿아야 했지만 결코 닿을 수 없으리라.

아내는 왜 제이와 오기를 오해한 것일까. 왜 실제로 일어나지 않은 일을 보았다고 믿은 걸까. 그 무렵 아내도 인생에 생겨버린 커다란 공동을 느낀 게 아니었을까. 자기가 애써 유지해온 삶이 헛것임을 알게 된 걸까. 그 공동을 메워보려고, 가짜라는 느낌에 시달리느라, 홀로 정원을 일구고, 서재에 틀어박혀 뭔가를 쓰고 완성하는 일에 실패하고 그럼에도 헛되이 계속 써왔던 것일까.

목적지가 30킬로미터 정도 남았을 무렵 아내가 침묵을 깨고 말을 꺼냈다. 쓰고 있던 것을 최근에 완성했다고 했다. 아내가 이런 화제로 이야기하는 건 오랜만이었다.

"그래? 축하해. 뭘 썼는데?"

운전에 주의하며 오기가 물었다. 도로에는 덩치 큰 차들이 조금씩 늘어나고 있었다.

"좀 특별한 얘기야. 한 인간에 대한 고발문이거든."

"지난번에 쓰고 있다던 그 고발문?"

오기가 아내를 힐끗 돌아보며 물었다.

"인간이 어떻게 속물이 되는지, 그 관찰기라고도 할 수 있어."

아내가 갑자기 웃었다. 오기는 운전에 집중했다. 아내의 말에 화를 낼 이유는 없었다. 오기를 화나게 하는 게 아내의 목적이라면 오기는 오로지 여행지에 닿고 싶었다.

아내는 자그마한 목소리로 자신이 쓴 것을 이야기했다. 일찌감치 속물이 된 남자가 성공을 위해 어떻게 우연과 술수를 활용하는지, 그의 도덕적 해이가 얼마나 심각한 수준인지 하는 내용이었다. 또한 후배와 오랫동안 부적절한 관계를 유지한 것은 그의 특별한 윤리 감각을 드러내는 일화라고 비아냥거렸다. 아내는 그 글을 몇 곳에 발송할 예정이라고 했다. 학과나 학교 본부, 학회 및 동료들에게.

오기는 평정을 유지하려 애썼다. 수치스러운 일이었지만 그 일로 아내가 바라는 최악의 결말은 생기지 않을 것이었다. 오기가 별로 충격을 받는 기미가 안 보였는지 아내는 더 얘기했다. 제이를 직접 만났다고 해서 오기는 깜짝 놀랐다. 학교에서 마주칠 기회가 있었는데 제이는 아무 언질도 하지 않았다. 뭔가를 털어놓게 하려고 아내가 그저 떠보는 것일 수도 있었다.

어쩌면 제이는 여전히 오기에게 화가 나 있거나 아내와 마찬가지로 오기를 곤경에 빠뜨리고 싶었을지도 몰랐다. 오기는 충분히 사과했다고 생각했지만, 제이는 받아주지 않았다. 오기가 한 학생의 구애를 거절하지 못해 벌어진 일이었다. 그 일은 단 하루에 불과했다. 오기가 살아온 수많은 날에 비하면 그 하루는 아주 작은 시간에 지나지 않았다. 그러나 제이가 알게 되면서 달라졌다. 오기에게 잊을 수 없는 하루가 되었다. 제이의 추궁을 받으면서 오기는 제가 한 일을 진심으로 후회했다. 학생을 달래려다 생긴 일이라고 변명했지만 제이는 믿지 않았다.

만약 제이가 아내를 도운 거라면 그 둘의 공모에 배후가 있을지 모른다는 허튼 의심도 들었다. 어쩌면 케이가 그 둘을 부추긴 건 아닐까. 임용 당시 오기가 케이의 약점을 이용해 술수를 부린 것처럼 케이도 그런 게 아닐까. 오기는 케이가 저지른 몇 가지 잘못을 알고 있었다. 오기는 자신이 아는 것을 설득력 있게 정리해 엠에게 얘기하고 말

많은 에스에게 넌지시 흘렸다. 비열했지만 터무니없는 중상모략은 아니었다. 오기가 유리한 입장인데도 그랬다. 간혹 자신의 성공만으로 성에 차지 않을 때가 있었다. 가까운 누군가의 실패가 더 안도감을 주기도 했다.

그 모든 일을 다 겪었는데 지나간 일들 때문에, 이제는 손쓸 수 없는 일들 때문에 오기는 계속 추궁을 받았다. 아내는 비웃었다. 지나간 일이 아니라고 했다. 오기는 대꾸하지 않고 절대 이혼하지 않겠다고 선언했다. 아내를 화나게 하려고 한 말이었다. 실제로 아내가 화를 냈다. 오기가 "당신에게 남는 것도 없잖아? 어떻게 먹고살려고 그래?"라고 비웃었을 때는 운전하는 오기에게 주먹질을 했다. 차체가 울리도록 발을 굴렀다. 핸들을 붙잡은 오기의 두 팔을 잡고 흔들었다.

아내가 그렇게 하지 않았다면 괜찮았을까. 아내가 쓰고 있는 것을 털어놓지 않았다면, 출발할 당시처럼 관계를 개선할 여지를 갖고 차분히 여행을 즐기려 했다면, 참지 못해 제이 얘기를 꺼냈더라도 오기가 일단 순순히 사과했더라면, 아내의 무능을 조롱하지 않았더라면.

시커먼 도로의 어둠을 바라보며 그런 가정을 해보았다. 어떤 가정도 낙관적이지 않았다. 이 순간을 무사히 넘기더라도 얼마 후 비슷한 일이 끝없이 반복될 것 같았다.

오기는 무력해졌고 내부의 공동이 걷잡을 수 없이 커지는 것을 느꼈다. 그 구멍 속으로 자신이 아예 빠져버릴 것 같았다. 시야를 가로막은 커다란 앞차가 구멍처럼 보였다. 호흡하기 힘들어졌고 가슴의 압박감이 심해졌다. 어지럽고 탈진할 것처럼 의식이 흐려졌다. 오기는 삶에 애착이 심했지만, 그 순간의 무력감 역시 오기의 것이었다. 아내가 핸들을 잡고 있는 오기의 팔을 거세게 움켜잡았다. 오기는 깜짝 놀랐고 아내의 팔을 힘껏 뿌리쳤다.

차가 앞차에 부딪히고 가드레일을 받고 아래로 굴러 떨어진다는 걸 깨닫자, 편안해졌다. 모든 것이 끝난 것 같았다. 마음이 놓였다. 안달복달하며 삶을 꾸려오던 게 조금 억울했지만 삶을 계속 유지해야 한다는 피로감이 더 압도적이었다. 오기는 제 몸이 떠오르기를, 지상으로부터 가벼이 멀어지기를 기다렸다.

바람과 달리 오기의 몸은 아래로 처박혔다. 깊은 땅속에 매장당한 것처럼 몸이 무거웠다. 오기는 결국 제 몸을 허공으로 들어 올리는 데 실패했다.

아내는 성공했다. 오기가 짙은 어둠에 무겁게 짓눌려 있을 때 아내는 연기처럼 가뿐해졌다. 떠올랐고 지상으로부터 멀어졌다. 오기를 내려다보기도 했을 것이다.

자신을 바라볼 아내의 표정을 상상하는 것은 무척 어려웠다. 아내가 오기를 움켜잡은 게 시야를 가로막은 커다란 앞차로 돌진하기 위해서였는지, 돌진하려는 오기를 막으려던 것이었는지 알 수 없어서였다. 아내가 질주하는 오기를 살리려던 것인지 오기의 질주를 도우려던 것인지 알 수 없는 채로, 오기는 살아남았고 아내는 죽었다.

14

녹색 잎이 창을 가득 메웠다. 장모가 감아놓은 서너 줄기의 덩굴이 얼마 지나지 않아 창살을 온통 휘감았다. 시야가 푸르게 막혔고 바람이 불어 잎이 흔들릴 때에나 그 사이로 정원이 조금 보였다.

잘 보이지 않았지만 정원 쪽에서 무슨 소리인가 계속 들려왔다. 그 소리 때문에 장모가 정원을 포기하지 않았고 아마도 계속 연못을 만들고 있다는 걸 짐작할 수 있었다. 고요한 가운데 쿵쿵거리거나 금속성 연장이 부딪히는 소리, 뭔가 쏟아져 내리는 소리가 드문드문 이어졌다.

구덩이는 얼마나 크고 깊어진 걸까.

정원이 보이지 않으니 장모가 어디 있는지를 가늠하기도 힘들어졌다. 장모는 소리 내지 않고 집 안으로 들어와 이 방 저 방 오가다가 오기의 방문을 벌컥 열었다. 그럴 때면 오기는 자고 있는 척 눈을 감았다. 장모가 멀찍이 서서 자신을 살핀 다음 문을 닫고 나간 후에야 숨을 크게 내쉬었다.

장모는 깊은 밤에 그렇게 할 때도 있었다. 불쑥 어두운 방으로 들어왔다. 침대 곁에 서서 눈을 감고 있는 오기를 가만히 내려다보고는 두 개의 유골함 앞으로 갔다. 흰 면으로 함을 닦은 후에 뭐라고 중얼거리면서 두 손을 모아 가볍게 합장했다.

장모가 직접 말한 적은 없지만 오기는 그것이 아내와 장모의 어머니의 유골함이라고 생각했다. 그들이 아니라면 도대체 무엇이겠는가. 그러나 차츰 아닐 수도 있겠다 싶어졌다. 하나는 아내의 유골함이지만 하나는 비어 있을지도 몰랐다. 순전히 오기를 위해서 말이다.

오기가 눈을 감고 있건 말건 장모가 대뜸 "자네는 어떤가?" 하고 물을 때도 있었다. 그러면 마음의 준비를 하는 편이 나았다. 장모가 오기에게 뭔가 하겠다는 뜻이었다.

주로 내키지 않는 일이었다. 장모는 오기의 반응과 상관없이 원하는 일을 했다.

간밤에도 그랬다. 불도 켜지 않은 채 장모가 들어섰고, 눈을 감고 자는 척하는 오기에게 다가왔다. 장모가 "자네는 어떤가, 머리가 너무 길지 않나" 하더니 머리에 가위를 가져다 댔다. 오기의 머리카락을 아무렇게나 한 움큼 쥐었고 아쉬울 것 없다는 듯 가위로 잘라냈다. 어두운 가운데 가위가 사각거리는 소리가 들릴 때마다 움직일 수 없는 몸이 움츠러드는 기분이었다. 가위 소리가 귓가에서 들릴 때 오기는 두려움에 눈을 질끈 감았다.

머리카락 잔털이 묻었는지 얼굴이 몹시 가려웠다. 오기는 부지런히 왼손을 움직여 가려운 데를 긁었다. 가려운 부위가 점점 늘어나서 단단한 두 다리를 번갈아 긁어야 했다. 간병인이 두고 간 등긁개를 써먹었다. 그러다가 왼쪽 허벅지가 등긁개의 날카로움을 인지하고 있다는 것을 깨달았다.

오기는 다리에 힘을 줘봤다. 움직이는 것 같았다. 미세하지만 근육이 이완되었다가 수축되는 느낌이 났다. 확실했다.

이번에는 왼손으로 다리를 꼬집어보았다. 등과 엉덩이

에 욕창이 생겼을 때에도 오기는 고통을 느끼지 못했다. 장모가 인상을 쓰고 드레싱을 해줄 때에야 제 몸이 상해가고 있다는 걸 깨달았다. 그런데 이제는 아픔이 느껴졌다. 미약하지만 날카로운 통증이 지나갔다. 간병인이 돌봐주지 않아도, 물리치료사의 도움 없이도, 의사의 진단과 처방 없이 죽은 나무처럼 방치되었던 오기의 몸이 조금씩 살아나고 있었다.

장모가 유골함을 닦으러 들어왔을 때 오기는 그 사실을 숨겼다. 왼쪽 다리를 침대에서 대략 10센티미터 정도 옆으로 옮겼다는 얘기를 하지 않았다. 유골함을 닦은 후 장모가 오기를 멀뚱히 바라보고 있으니 몸 여기저기가 간지러웠으나 꼼짝하지 않으려고 애썼다. 몸이 나아지는 것을 장모에게 들키지 않을 작정이었다.

혼자 있으면 침대 위에서 다리를 부지런히 좌우로 움직였다. 병원에서 재활 치료를 받을 때의 움직임을 기억하고 있었다. 아직 근육이 자유롭지 못하기 때문에 무리했다가 지난번처럼 혈관이 터지는 손상을 입을까 봐 주의했다. 다리를 유선형으로 밀 수는 있었지만 들어 올리는 것은 아직 불가능했다. 그러나 시간문제였다. 차츰 오른 손가락을 눈에 띄게 꼼지락거릴 수 있게 되었다. 의사가 보았다면 역시 '의학보다는 의지'라고 오기를 격려했을 것이다.

털어놓지 않을 생각이었지만 장모는 오기의 표정에서 뭔가 알아차린 것 같았다.

"좋은 꿈이라도 꿨나?"

장모가 딱딱한 목소리로 물었다. 장모에게 자신의 기쁨을 털어놓는 게 좋을 리 없었다. 입을 다물었다.

"하긴 좋을 일이 뭐가 있나. 꿈이라도 잘 꿔야지."

장모가 놀리듯 대꾸하고는 방을 나섰다. 이건 꿈이 아니었다. 장모는 알 수 없을 테지만 오기는 움직임을 느꼈다. 통증을 느꼈다. 가려움을 느꼈다. 살아 있다는 게 느껴졌다. 제 몸으로 느꼈다.

병원에서 제대로 치료를 받는다면 훨씬 회복 속도가 빨라질 것이다. 그러나 어떻게 병원에 가야 할지 알 수 없었다. 장모에게 사실을 털어놓는 게 나을지 모른다는 생각도 들었지만, 이내 생각을 바꿨다. 장모는 결코 오기를 돕지 않을 것이다. 의사가 예후가 좋다고 했을 때의 장모의 표정이 떠올랐다. 오기가 낫고 있다고 하면 두려워할 것이다.

오기는 다음 날부터 굶었다. 장모가 끼니를 제대로 챙겨주지 않은 지 오래되었지만, 간간이 주는 유동식도 먹지 않았다. 장모가 입을 꾹 다문 오기에게 짜증을 냈다. 오기는 힘없이 고개를 저었다. 연습을 했다면 왼손으로 숟가락도 들 수 있었을 텐데, 유동식을 삼키는 대신 죽을 넘길 수도 있었을 텐데, 장모는 결코 유동식을 포기하지 않았다. 오기가 회복되기를 바라지 않아서였다. 장모는 다시 오기를 병원에 데려가지 않을 것이다. 오기의 몸이 더할 나위 없이 망가졌을 때, 어찌할 도리가 없을 때에야 병원에 도움을 청할 것이 분명했다.

장모가 쳐다보면 오기는 가만히 눈을 감고 힘이 빠진 듯 굴었다. 처음에는 억지로 그렇게 했는데, 며칠 지나자 실제로 몸이 아파왔다. 장모가 가만히 오기를 내려다보고 서 있을 때가 많아졌다. 오기는 땀을 흘렸고 신음을 내뱉었다. 꾸미지 않아도 자연스레 앓는 소리가 흘러나왔다.

장모가 중얼거리던 다스케테쿠다사이라는 말을 저도 모르게 따라할 때도 있었다. 그 소리가 오기 자신에게 똑똑히 들려왔다. 제 입에서 분절된 소리가, 명확한 소리가 흘러나온 게 얼마 만인지 알 수 없었다. 장모도 놀랐겠지만, 그러지 않은 척하는 기색이 역력했다. 오기는 다시 인상을 쓰는 것으로 제 입에서 나온 소리를 감췄다.

장모는 오기를 방치했다. 아무것도 하지 않았다. 오기가 먹지 않겠다고 하면 먹을 것을 주지 않았고 물도 최소한만 마시도록 두었다. 오래 지나지 않아 오기는 위험한 수준에 다가갔다. 몸을 감싼 열기와 방에 가득 찬 습도 때문에 가슴이 눌린 듯 답답했다. 숨을 쉬는 일이 무거워졌다.

장모가 오기를 봐줄 사람으로 마지못해 선택한 것이 물리치료사였다. 오기는 그가 장모와 얘기하며 떠들썩하게 방 안으로 들어서는 것을 혼몽한 가운데 지켜보았다.

"사장님 상태가 많이 안 좋으시네요."

물리치료사가 오기를 보자마자 말했다.

"병원에 가야 할 정돈가요?"

장모의 질문에 물리치료사가 의아한 투로 되물었다.

"병원에 안 가신 거예요? 당연히 가셔야죠. 열도 높고 욕창도 진짜 심하세요. 이러다가……"

물리치료사가 오기를 의식하고는 말을 멈췄다.

"일단 오늘은 제가 봐드릴 테지만, 지금은 재활을 할 때가 아니에요. 이 정도면 병원에 가셔야 해요. 큰일 나요."

장모가 수척한 얼굴로 밖으로 나갔다. 오기는 간신히 기운을 차려 물리치료사에게 말했다. 들리지 않는지 그가 오기 가까이 다가왔다.

'다리를 움직일 수 있어요.'

그는 오기의 말을 알아듣지 못했다. 오기의 귀에는 분명히 들렸는데도. 오기가 다시 힘을 내서 말했고, 물리치료사가 오기를 쳐다보고는 웃으며 대꾸했다.

"네, 맞아요. 오랜만이에요. 반가우시죠? 그러니까 제가 계속 왔어야 하는데 말이에요. 전 병원을 열심히 다니고 계신 줄 알았죠. 괜히 병원, 병원 하셔가지고 병원도 못 가고 더 안 좋아지셨잖아요."

오기가 다시 말했다. 이번에는 좀더 크게 입 모양으로 또박또박.

"다. 리. 다리요?"

물리치료사가 알아듣고 오기의 다리를 보았다. 오기는 다리에 힘을 줬다. 옆으로 조금 움직였다. 물리치료사가 없는 사이 스스로 해낸 것을 보여주고 싶었다. 다리를 들어 올리는 건 여전히 불가능했지만 침대 바깥쪽으로 밀어낼 수 있었다.

"다리부터 해드려요?"

오기는 그가 제대로 알아차리지 못해서 실망했다. 오기는 그에게 종이를 달라고 했고, 시간을 들여 다리가 움직인다고 썼다. 물리치료사가 깜짝 놀란 표정으로 오기를 보았다. 그리고 오랫동안 다리를 지켜보았다. 오기는 그를 위해 다시 한 번 움직였다. 이번에는 그도 제대로 보았을 것이다.

"뭐라고 말씀드려야 하나. 저기요, 사장님. 실망하시면 안 되세요. 사장님같이 몸이 아프신 분들한테 이런 일이 흔하거든요."

물리치료사가 동정하듯 오기를 보았다. 오기의 얇은 다리를 손으로 슬쩍 만져주기도 했다.

"아픈 부위가 움직인다고 느낄 수 있어요. 지금 사장님처럼요. 실제로는 꼼짝도 하지 않는데 말이에요. 그걸 마비거부증이라고 하는 의사도 있어요. 신체에 대한 거부감이 환각으로 오는 거죠. 절대 실망하실 필요는 없어요. 환각이기는 하지만 실은 사장님의 의지를 반영하는 거예요. 걸어야겠다든가, 움직이겠다는 의지요. 사장님 같은 분들한테는 이게 중요해요. 그런 마음이 없으면 아예 포기해버리거든요."

마비거부증. 오기는 그 기이한 이름에 질겁했다. 오기는 자신의 몸을 잘 알았다. 긴 시간에 걸쳐 형성되었지만 태어날 때부터 줄곧 함께했다. 몸이야말로 오기와 평생을 동행한 가장 친밀한 대상이었다. 정신이나 마음 같은 것은 그렇지 않았다. 뜻대로 되지 않았다. 때론 오기와 무관하게 굴었다.

오기는 몸의 사소한 통증과 가려움, 피부의 탄력과 늘어짐 같은 것을 예민하게 알아차렸다. 허기와 포만감, 소갈도 쉽게 알았다. 물론 확신하지 못할 때도 있었다. 통증의 부위를 정확히 가려내지 못할 때도 있었고, 종기가 생긴 걸 한참 지나서야 알게 된 적도 있었다. 간병인이 지그시 몸을 누를 때 오기의 몸은 말을 듣지 않았고, 말도 안 되는 어린 구애 상대 앞에서 흥분하기도 했다. 하지만 대체로 그의 의지대로 움직였다.

"사장님, 제가 시키는 대로 해보세요. 왼쪽 다리를 움직여보세요."

오기는 그의 말대로 했다. 힘들었지만 물리치료사의 믿음을 얻고 싶었다.

"이번에는 오른쪽 다리요."

물리치료사의 얼굴을 보면 낙관할 수 없었다. 그는 오기를 조금도 격려하지 않았다.

이번에 물리치료사는 자신이 만지는 게 어느 쪽 다리인지 말해보라고 했다. 오기는 오른쪽이라고 했고 그의 표정을 보고 답이 틀렸다는 것을 알았다. 다음번 대답은 맞은 것 같았지만 미심쩍어하기는 마찬가지였다.

물리치료사는 한참 뜸을 들인 후에 오기의 다리가 특별해졌다고 말했다. 움직일 수 있게 되어서가 아니라 위태로울 정도로 말라서였다. 환자들에게 신체적 불균형 현상이 생기는 건 흔한 일이지만 오기의 경우는 진행 속도가 유독 빠르다고 했다. 그는 오기의 하반신이 운동성을 회복하기 어려운 상태이며 어떤 낙관도 힘들다는 것을 오기에게 설득하느라 시간을 다 썼다.

집을 나서면서 장모와 이 문제를 두고 길게 얘기를 나눈 것 같았다. 당연하게도 물리치료사가 대문을 나선 얼마 후 장모가 오기의 방으로 들어왔다.

"어디 한번 일어나보게. 걸어서 나랑 같이 정원으로 나가보세."

장모가 오기에게 손을 내밀었다. 어두웠지만 장모가 활짝 웃는 게 다 보였다.

15

장모는 좀처럼 외출하는 일이 없었지만 언제까지고 그럴 수 없다는 걸 알고 있었다. 막상 그날이 왔을 때 수월하게 몸이 움직이도록 오기는 왼팔과 이제 막 신경을 회복한 오른팔의 운동을 꾸준히 했다.

물리치료사는 오기가 제 몸을 착각하고 있다고 했다. 장모도 오기를 비웃었다. 하지만 오른팔이 나아지고 있었다. 원하는 손가락을 움직였고 오른팔로 왼팔을 꼬집을 수도 있었다. 제 몸이 회복되고 있다는 느낌을 오기 자신보다 더 정확히 아는 사람은 없었다. 오기는 스스로 확인해보리라 마음먹었다. 집을 나설 수 있다면 누구에게든 도움을 받아 의사에게 가리라.

오기는 바깥의 소리에 집중했다. 장모가 대문을 닫고 나가는 소리가 들렸다. 얼마간 시간이 지났는데 대문이 다시 열리지 않았다. 오기는 서둘렀다. 왼팔로 침대 끄트머리를 잡았다. 잔뜩 힘을 주어 몸을 바깥으로 조금씩 끌었다. 몸은 꿈쩍도 하지 않았다. 통나무처럼 딱딱하고 무거웠다. 다시 다리에 힘을 주었다. 두 팔의 핏줄이 도드라졌다. 그동안 왼팔을 집중적으로 사용하느라 오른팔과의 차이가 확연해졌다. 오른팔을 움직이게 되긴 했지만 여전히 왼팔에 의지했다.

한참 땀을 흘린 후에야 겨우 침대 끝에 이르렀다. 왼팔로 침대 난간을, 오른팔로 침대 헤드를 잡고 다시 힘을 준

끝에 바닥에 두 다리를 떨어뜨릴 수 있었다. 쿵 소리가 났다. 하반신에 이어 상반신이 미끄러져 내려갔다. 오기는 머리통을 감싸 안았다. 몸이 바닥에 떨어질 때에도 하반신에는 통증이 느껴지지 않았다. 다리는 무용지물이었다. 오기는 비로소 물리치료사의 말을 믿었다.

왼팔과 오른팔을 이용해 포복 자세로 조금씩 기어 나갔다. 첫번째 위기는 굳게 닫힌 방문 앞에서 왔다. 두 팔을 들어 올렸으나 헛된 시도였다. 오기는 기어온 자리를 되짚어가 침대 아래 떨어져 있던 등긁개를 가져왔다. 왼손을 들어 올려 손잡이가 가로로 난 문고리에 그것을 걸었다. 미끄러졌다. 잘 되지 않았다. 온몸이 땀으로 젖었다. 바닥은 차가웠는데 더할 수 없이 열기가 느껴졌다. 등긁개를 문고리에 가져다 대는 일이 반복됐고 방이 어둑해진 후에야 기어이 손잡이를 끌어내릴 수 있었다.

거실은 오기의 방보다 더 어두컴컴했다. 전면 넓은 창에 두꺼운 커튼이 내려져 있어서였다. 어둠에 눈이 익은 후에야 거실이 완전히 달라졌다는 걸 알 수 있었다. 누구도 살지 않는 집 같았다. 사람이 오래전에 모두 떠나버린 집 같았다.

아내가 공들여 고른, 배송되기까지 한 달이 걸린 덴마

크 디자이너의 패브릭 소파는 보이지 않았다. 대신 커다란 가죽 소파가 자리를 차지하고 있었다. 아마도 장모의 집에 있던 것인 듯했다. 무엇보다 거실 가운데 아무렇게나 살림살이가 놓여 있었다. 정리를 위해서가 아니라 내다 버릴 목적으로 쌓아놓은 듯 질서가 없었다. 오기의 서재 물건도 많이 섞여 있었다. 늦은 밤 오기의 책상을 비추던 녹색 레트로 스탠드가 커다란 박스에 거꾸로 담겨 있었고 지도 제작 업체에 감수를 해주고 받은 감사패도 버려져 있었다.

오기는 다시 포복 자세로 기어 나갔고 현관 앞에 이르렀다. 장모가 돌아오려면 얼마나 남았는지, 언제까지 힘을 낼 수 있을지 몰랐지만, 계속해야 했다. 현관문을 여는 일은 방문을 여는 것보다는 수월할 것이었다. 디지털 도어록 아래쪽의 초록 버튼을 누르면 됐다.

등긁개를 거꾸로 돌려서 해보아도 버튼이 잘 눌러지지 않았다. 현관 한쪽에 놓인 우산꽂이를 쓰러뜨려 긴 우산을 꺼냈다. 날카로운 끝부분을 도어록 하단에 갖다 댔다. 간혹 손에 힘이 빠져 머리나 어깨 같은 곳으로 우산이 떨어졌다. 하릴없이 현관 철문을 우산 꼭지로 쳐대는 일이 반복됐다. 차가운 타일 바닥이 뜨끈하게 느껴진 후에야 현관문을 열 수 있었다.

오기는 차갑고 신선한 공기를 힘껏 들이마셨다. 집 안을 채운 매캐하고 텁텁한 공기와 딴판이었다. 질감과 냄새가 다른 숨을 들이쉬는 것만으로도 뭉클해졌다.

정원은 너른 나대지처럼 보였다. 대문 옆 낮은 철책 앞에 촘촘히 들어선 나무들을 제외하면 자라고 있는 것, 잎을 피운 것, 꽃이 핀 것, 살아 있는 것은 하나도 보이지 않았다. 곳곳에 심겨 있던 관목들은 뿌리가 뽑혀 한곳에 장작더미처럼 쌓여 있었다. 정원에는 작고 둥근 어둠이 곳곳에 고여 있었는데, 모두 구덩이였다. 뭔가를 새로 심으려고 파둔 게 아니라 살아 있는 식물을 뿌리째 뽑아내느라 생긴 구멍 같았다.

정원 한가운데에, 오기가 누워 있는 곳에서 왼쪽으로 약간 기울어진 쪽에, 시커멓고 커다란 어둠이 고여 있었다. 오기의 방에서는 잘 보이지 않는 쪽이었다. 사람들이 말하던 커다란 구덩이가 이것인 모양이었다.

구덩이 주변을 보드라운 흙더미가 에워싸고 있었다. 장모는 넓고 깊게 땅을 판 다음 그 안에 방수포를 깔아 빗물이든 이슬이든 고이게 해두었을 것이다. 물이 좀더 고이면 거기에 생명토를 이용해 식물을 심고 잉어를 풀어놓을 것이다. 아마도 오기가 떠나고 나면 그 잉어는 장모와 더불어 이 집에 살아 있는 유일한 것이 되리라. 장모가 늘상 말하던 대로 살아 있는 것을 키우게 되겠지.

그러나 생각해보면 장모는 산 것을 보려고 잉어를 키우는 게 아닌 것 같았다. 잉어가 죽어가는 걸 지켜보려고 키운다는 게 아닐까. 언젠가는 연못의 잉어도 죽게 될 테니까. 잉어는 죽으면 입을 벌리고 수면 위로 몸을 떠올릴 테니까. 지금의 오기처럼 꼼짝하지 못하는 채로.

아내와 그가 조경원에서 오랜 시간 상담하고 힘들게 고른 회색 포석이 오기의 몸을 사정없이 긁었다. 오기의 몸에서 이제까지와는 다른 비릿한 냄새가 풍겼다. 아마도 피 냄새 같았다. 바닥에 심하게 긁힌 왼팔에서 피가 흘렀다. 그럼에도 나아갔다. 두 팔 외에 다른 부위에서는 통증이 느껴지지 않았다. 바닥에 끌리고 쓸리는데도 어떤 통증도 없었다. 무겁고 딱딱하게 굳은 몸이 차라리 고마웠다. 그게 오기를 견디게 했다.

오기는 포석 위에 멈추어 누운 채 철제 대문을 올려다보았다. 대문을 여는 일은 우산이나 등긁개로는 불가능해 보였다. 대문을 여느라 애쓰느니 낮은 철책 근처로 가서 이웃의 도움을 받는 편이 나을 것 같았다. 다행히 이웃들은 이런 선선한 바람이 부는 밤이면 자주 산책을 했다. 인적이 드물지 않으니 오기가 철책 너머로 필사적으로 손을 내밀면 누군가 도우리라.

느릿느릿 정원을 가로질렀다. 집 쪽을 향해 노란 전조등 불빛이 다가오면 멈춰 섰다가 불빛이 지나가면 다시 팔에 힘을 주었다. 몇 번인가 전조등이 다가왔고 오기의 몸을 감시등처럼 훑고 지나갔다. 이번에도 그렇게 되기를 기다렸으나 불빛은 한자리에 고정된 채 움직이지 않았다. 오기가 할 수 있는 건 어둠에 의지해 몸을 납작하게 엎드리는 것밖에 없었다.

철제 대문이 부드러운 소리로 열렸다. 천천히 장모가 들어섰다. 모든 게 끝장났다고 생각했는데 아직 기회가 있었다. 장모는 오기를 보지 못했다. 포석을 밟고 어두운 집 안으로 걸어 들어갔다. 정원이 어두운 탓도 있지만 오기가 그곳에 있으리라고 생각지 못해서인 듯했다.

오기는 좀더 나아가야 했다. 다시 두 팔에 힘을 주었다. 포석에 긁힌 팔에 흙이 닿으면서 참을 수 없이 따끔했고 작은 돌멩이가 찢어진 살을 파고드는지 고통스러웠다. 다행히 집을 벗어난다 해도 두 팔을 잃게 될지 모른다는 생각도 들었다. 그럼에도 힘껏 두 팔로 바닥을 지탱했다.

장모가 곧 정원으로 나왔다. 오기의 방문이 열려 있는

걸 알게 되는 데 오래 걸리지 않았을 것이다. 오기는 현관 앞에 우뚝 선 장모를 쳐다보았다. 장모는 여러 갈래의 긴 그림자를 앞세웠다. 오기는 꼼짝 않고 누워 있었다. 어둠이 몸집을 불린 장모의 그림자가 포석 아래로 내려섰다.

장모는 오기의 몸을 끌고 들어갈 만큼 힘이 세지 않았다. 정원에 드러누운 오기를 밖으로 나갈 수 있도록 도울 사람이 없듯, 오기를 집 안으로 데려가도록 장모를 도울 사람도 없는 것이다. 집으로 다시 들어갈지, 이대로 철책 옆으로 기어가 도움을 구할 때까지 머물지 선택할 수 있었다. 고민할 필요도 없이 오기는 제가 있는 곳으로 천천히 걸어오는 장모와 상관없이 나아가는 쪽을 택했다.

그때 오기가 미처 생각지 못한 게 있었다. 장모는 오기를 데리고 들어갈 만큼 힘이 세지 않지만, 오기를 방해할 정도의 힘은 있었다.

장모는 오기가 가려는 길을 막아섰다. 오기의 팔이 닿지 않을 만큼 떨어진 자리에 두껍고 단단한 두 다리를 내려놓는 것으로 그렇게 했다. 오기는 장모의 다리를 잡아보려고 헛되이 손짓을 하다가 기둥처럼 버티고 선 다리를 피해 방향을 틀어야 했다. 그런 일이 계속 반복됨으로써 오기는 자신이 장모가 원하는 쪽으로 나아가고 있다는 걸 뒤늦게 깨달았다.

오기가 멈춰 선 곳은 편평한 바닥이 아니라 야트막한 흙더미가 쌓인 곳이었다. 흙더미 너머에 커다란 어둠이 고여 있었다. 냉기가 느껴지는 어둠이었다. 오기는 몸을 떨었다. 구멍을 둥글게 감싸고 있는 흙은 이제껏 오기가 디딘 흙과는 질감이 달랐다. 겉흙이 아니라 속흙이었다. 부드럽고 입자가 고왔다. 오래전 경운 작업을 도울 때 만져본 적 있는 흙이었다.

오기는 구덩이를 피해 몸을 틀었으나 완강히 내딛고 있는 장모의 다리를 피할 수 없었다. 장모를 피할 때마다 부드러운 흙 쪽으로 가까이 가는 꼴이 됐다.

장모가 위협적으로 발을 내디뎠다. 등을 밟으려는 것이라고 생각해 오기는 힘껏 방향을 틀었다. 흙더미가 무너져 내리면서 오기의 몸이 아래쪽으로 쏠렸다. 두 팔에 힘을 주어 버텼으나 쏟아져 내리는 흙더미를 디딘 꼴이 되었다. 오기는 완전히 균형을 잃고 속절없이 아래로 굴렀다.

아팠다. 통증이 느껴졌다. 몸이 움직인다는 착각이 가져온 통증과는 완전히 달랐다. 살아나고 있다는 신호인지 죽을 정도로 고통스러운 것인지 구별할 수 없었다. 구멍에 처박힌 와중에 기쁘기도 했다. 이런 식의 통증조차 오랜만이었다. 두 팔은 말할 것도 없고, 허리와 비쩍 마른 두 다리에도 통증이 전해졌다. 아내와 함께 차에 실려 언덕 아래로 굴러떨어질 때 느꼈던 통증과 유사했다.

그 때문에 머지않아 아내를 만나게 될지도 모른다는 생각이 들었다. 압도적인 고통이 지나가고 나면 마침내 몸이 떠오를 것이다. 그대로 몸이 떠올라 참혹하게 구덩이에 널브러진 자신을 내려다보게 될 것이다. 아내가 자신을 그렇게 보던 것이 불과 1년도 안 된 일이라는 게 놀라웠다. 그 시간이 어마어마하게 길게 느껴졌다.

오기를 내려다보는 것은 아내가 아니었다. 장모였다. 장모는 팔짱을 끼고 똑바로 서서 깊은 구덩이에 처박힌 오기를 내려다보고 있었다. 그 거리가 무척 멀었다. 장모의 얼굴이 아내처럼 보이기도 한다는 게 증거였다.

통증은 계속되었고 몸 이곳저곳을 만질 때마다 더 심해졌다. 그러다가 오기는 어느 순간부터 바닥에서 전해오던 흙과 돌멩이의 감촉이 전혀 느껴지지 않는다는 걸 깨달았다. 몸이 딱딱해졌고 숨이 다소 가벼워졌다. 통증이 지나갔다. 조금 더 지나자 통증은 완전히 사라졌고 일순 편안해졌다.

바닥에 누워 어두컴컴한 하늘을 올려다보자니 언젠가

이런 날이 있었던 것만 같았다. 지금처럼 구덩이에서가 아니라 정원의 테이블에 앉아서 아내와 이야기를 나누던 날. 함께 가벼운 저녁을 먹고 동네를 산책하던 날, 자동차 밑에서 고양이가 튀어나오면 깜짝 놀라지만 그곳을 기억해 뒀다가 다시 돌아가 사료를 두고, 멀찍이 떨어져 앉아서 고양이가 나타나 그것을 먹기를 기다리던 저녁, 어느 틈엔가 나타난 고양이가 사료를 다 먹고 자동차 밑으로 기어 들어가는 걸 지켜보고 집으로 돌아와서 쓰잘머리 없는 이야기를 길게 나누던 날, 그러고도 졸릴 때까지 함께 책을 읽던 밤, 읽은 책 얘기를 들려주거나 그 얘기를 듣다가 잘 손질된 침구에 누워 스르르 잠이 들던 날, 한가하고도 소박한 일이 바둑판처럼 되풀이되던 날, 어느 인생에나 있기 마련인 완벽하게 안녕하던 날, 지금과 명백히 달랐던 날들 중의 어느 하루.

아내가 소설책을 읽다가 갑자기 멍한 표정을 지었다. 오기는 아내의 표정을 다 알아챘고 그날도 마찬가지였다.

"졸려? 그만 잘까?"

"아니."

"그럼 왜 그래?"

"슬퍼서……"

"응?"

아내가 방금 책에서 읽은 것을 천천히 얘기했다. 한 남자가 간발의 차로 죽음의 위기를 면한 이야기, 어느 날 바로 제 앞으로 공사 중인 건물에서 건축 자재가 떨어져 내리고, 그 순간 사고를 당하지는 않았지만 가까스로 살아남았기 때문에 비로소 뭔가를 생각하게 된 사내 이야기였다.

"그게 왜 슬퍼. 다행인 거지."

"그 사람이 사라져. 은행의 돈도 그대로 두고 직장에 사직서도 내지 않고 누군가 만나기로 한 약속도 취소하지 않고, 그냥 사라져. 가족이나 친구, 동료들에게 어떤 암시도 남기지 않고, 완벽하게 사라져. 어느 날 갑자기. 누구도 찾을 수 없게. 아내가 남편을 찾아달라고 탐정에게 부탁해. 어딘가에서 다친 건 아닐까, 의식을 잃어서 가족의 기억을 완전히 잃은 게 아닐까, 그렇게 생각해. 그게 아니면 남편이 사라진 걸 납득할 수 없으니까. 탐정이 얼마 후에 그 남자를 찾아내. 무사히 살고 있어. 다른 도시에서, 이름을 바꾸고 직장을 구해서 살고 있어. 새로 생긴 가족과 함께."

"아내가 싫었나 보네."

"그보다는 뭔가를 알게 된 것 같아."

"뭘?"

아내가 대답 대신 그를 빤히 쳐다보았다. 오기가 재빨리 되물었다.

"다른 곳에서도 잘 살 수 있다는 걸?"

아내는 이번에도 그를 쳐다보기만 했다. 오기는 초조해졌고 다른 질문을 던졌다.

"그리고 어떻게 됐어?"

"그게 끝이야."

"이전 가족한테 안 돌아왔어?"

"절차를 밟아 이혼했대."

"너무했네. 그래서 행복했나?"

갑자기 아내가 울기 시작했다. 처음에는 그저 눈물이 조금 맺히는 정도였는데 이내 소리 내어 울었다. 왜였을까. 어느 날 운 좋게 살아남은 남자 때문에, 갑자기 저 너머로 가버린 남자 때문에, 그곳에서도 별다르지 않은 삶을 이어나간 한 남자 때문에 울었을까.

우는 아내를 보며 오기는 웃었다. 이게 슬픈가. 겨우 이런 얘기로 우네. 아내가 이렇게 감상적이었나. 이해할 순 없지만 사랑스러웠기 때문에 달래고 싶었다. 우리는 무사할 테고, 어떤 일이 있어도 저 너머로 홀로 가지 않겠다고 얘기했다. 허튼 약속 없이, 섣부른 이해 없이 아내를 슬픔에서 천천히 건너오게 하면 좋았을 거라는 생각은 나중에야 들었다. 오기는 미래의 슬픔을 이미 겪은 듯한 아내를 가만히 안아주었고 울음이 서서히 잦아들다가 그쳐가는 걸 지켜봤다.

깊고 어두운 구멍에 누워 있다고 해서 오기가 아내의 슬픔을 알게 된 건 아니었다. 하지만 자신이 아내를 조금도 달래지 못했다는 건 알 수 있었다. 아내가 눈물을 거둔 것은 그저 그럴 때가 되어서였지, 더 이상 슬프지 않아서는 아니었다.

오기는 비로소 울었다. 아내의 슬픔 때문이 아니었다. 그저 그럴 때가 되어서였다.

참고

베른하르트 알브레히트, 『닥터스』, 배명자 옮김, 한스미디어, 2014.

허연, 「슬픈 빙하시대 2」, 『나쁜 소년이 서 있다』, 민음사, 2008.

대실 해밋, 『몰타의 매』, 고정아 옮김, 열린책들, 2007.

제리 브로턴, 『욕망하는 지도』, 이창신 옮김, 알에이치코리아, 2014.

에밀 졸라, 『전진하는 진실』, 박명숙 옮김, 은행나무, 2014.